宋·周敦頤 撰

周元公集

中國書店

覆校官内閣中書臣孫溶

臣紀昀覆勘

欽定四庫全書　　　　集部三

周元公集　　　　别集類二 北宋

提要

臣等謹案周元公集八卷宋周惇頤撰惇頤字茂叔道州營道人元名惇實避英宗舊諱改焉以舅鄭向恩補官熙寧初累官至廣東轉運判官提點刑獄以疾求知南康軍卒嘉定十三年賜謚曰元公淳佑中封汝南伯從

祀孔子廟廷事蹟具宋史道學傳是集馬端臨經籍考作七卷陳振孫書録題解謂遺文纔數篇為一卷餘皆附録此本首餘書雜著二卷其後六卷則皆諸儒議論及誌傳祭文與宋本不甚相合而大致亦不甚相遠蓋後人微有所附益也惇頤作太極圖究萬物之終始作通書明孔孟之本源有功于學者甚大而其他詩文亦多精粹深密有光風霽月

之槩朱子語類謂濂溪在當時人見其政事
精絶則以為宦業過人見其有山林之志則
以為襟袖灑落有仙風道氣又謂濂溪清和
孔毅甫祭文稱公年壯盛玉色金聲從容和
毅一府皆傾其氣象可想觀此言足以知其
著作矣其集明嘉靖閒漳浦王會曽為刊行
國朝康熙初其裔孫周沈珂又重鐫之原本後
附遺芳集五卷乃彙輯後裔之著述事蹟與

本集不相比附今别入之總集類云乾隆四

十九年十一月恭校上

總纂官臣紀昀臣陸錫熊臣孫士毅

總校官臣陸費墀

欽定四庫全書

周元公集卷一

宋 周惇頤 撰

太極圖

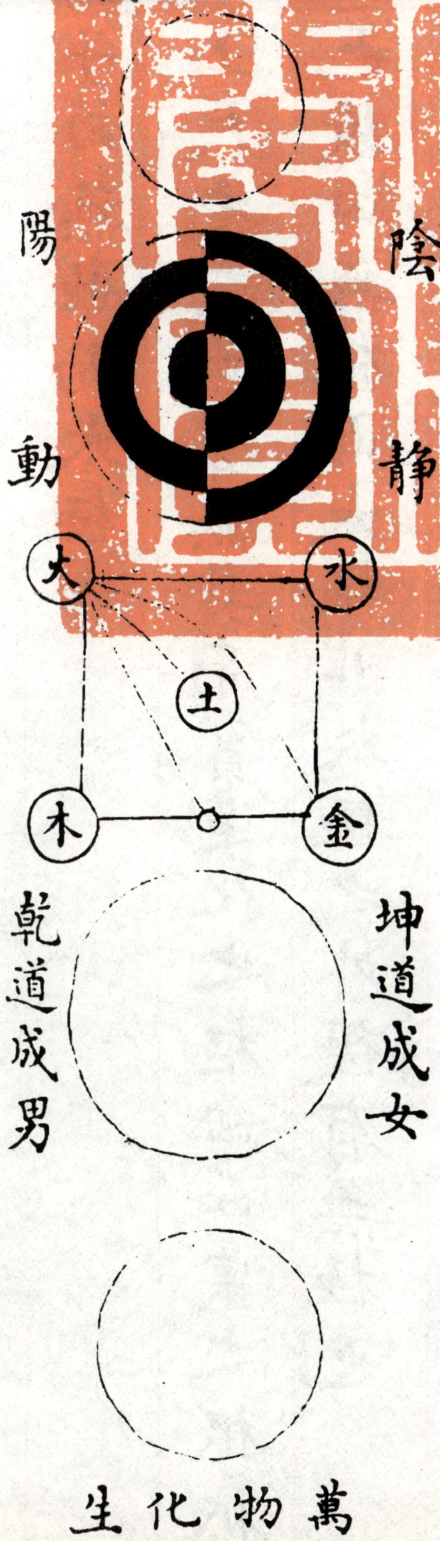

太極圖説

周子曰無極而太極

上天之載無聲無臭而實造化之樞紐品彙之根柢也故曰無極而太極非太極之外復有無極也

太極動而生陽動極而靜靜而生陰靜極復動一動一靜互為其根分陰分陽兩儀立焉

太極之有動靜是天命之流行也所謂一陰一陽之謂道誠者聖人之本物之終始而命之道也其動也

誠之通也繼之者善萬物之所資以始也其靜也誠之復也成之者性萬物各正其性命也動極而靜靜極復動一動一靜互為其根命之所以流行而不已也動而生陽靜而生陰分陰分陽兩儀立焉分之所以一定而不移也蓋太極者本然之妙也動靜者所乘之機也太極形而上之道也陰陽形而下之器也是以自其著者而觀之則動靜不同時陰陽不同位而太極無不在焉自其微者而觀之則沖漠無朕而

動靜陰陽之理已悉具於其中矣雖然推之於前而不見其始之合引之於後而不見其終之離也故程子曰動靜無端陰陽無始非知道者孰能識之

陽變陰合而生水火木金土五氣順布四時行焉

有太極則一動一靜而兩儀分有陰陽則一變一合而五行具然五行者質具於地而氣行於天者也以質而語其生之序則曰水火木金土而水木陽也火金陰也以氣而語其行之序則曰木火土金水而木

火陽也金水陰也又統而言之則氣陽而質陰也又錯而言之則動陽而靜陰也蓋五行之變至於不可窮然無適而非陰陽之道至其所以為陰陽者則又無適而非太極之本然也夫豈有所虧欠間隔哉

五行一陰陽也陰陽一太極也太極本無極也五行之生也各一其性

五行具則造化發育之具無不備矣故又即此而推廣之以明其渾然一體莫非無極之妙而無極之妙

亦未嘗不各具於一物之中也蓋五行異質四時異
氣而皆不能外乎陰陽陰陽異位動靜異時而皆不
能離乎太極至於所以為太極者又初無聲臭之可
言是性之本體然也天下豈有性外之物哉然五行
之生隨其氣質而所稟不同所謂各一其性也各一
其性則渾然太極之全體無不各具於一物之中而
性之無所不在又可見矣
無極之真二五之精妙合而凝乾道成男坤道成女二

氣交感化生萬物萬物生生而變化無窮焉
夫天下無性外之物而性無不在此無極二五所以
混融而無間者也所謂妙合者也真以理言無妄之
謂也精以氣言不二之名也凝者聚也氣聚而成形
也蓋性為之主而陰陽五行為之經緯錯綜又各以
類凝聚而成形焉陽而健者成男則父之道也陰而
順者成女則母之道也是人物之始以氣化而生者
也氣聚成形則形交氣感遂以形化而人物生生變

化無窮矣自男女而觀之則男女各一其性而男女一太極也自萬物而觀之則萬物各一其性而萬物一太極也蓋合而言之萬物統體一太極也分而言之一物各具一太極也所謂天下無性外之物而性無不在者於此尤可見其全矣子思子曰君子語大天下莫能載焉語小天下莫能破焉此之謂也惟人也得其秀而最靈形既生矣神發知矣五性感動而善惡分萬事出矣

此言衆人具動靜之理而常失之於動也蓋人物之生莫不有太極之道焉然陰陽五行氣質交運而人之所稟獨得其秀故其心為最靈而有以不失其性之全所謂天地之心而人之極也然形生於陰神發於陽五常之性感物而動而陽善陰惡又以類分而五性之殊散為萬事蓋二氣五行化生萬物其在人者又如此自非聖人全體太極有以定之則欲動情勝利害相攻人極不立而違禽獸不遠矣

聖人定之以中正仁義而主靜立人極焉故聖人與天
地合其德日月合其明四時合其序鬼神合其吉凶
此言聖人全動靜之德而常本之於靜也蓋人稟陰
陽五行之秀氣以生而聖人之生又得其秀之秀者
是以其行之也中其處之也正其發之也仁其裁之
也義蓋一動一靜莫不有以全夫太極之道而無所
虧焉則向之所謂欲動情勝利害相攻者於此乎定
矣然靜者誠之復而性之貞也苟非此心寂然無欲

而靜則亦何以酬酢事物之變而一天下之動哉故
聖人中正仁義動靜周流而其動也必主乎靜此其
所以成位乎中而天地日月四時鬼神有所不能違
也蓋必體立而後用有以行若程子論乾坤動靜而
曰不專一則不能直遂不翕聚則不能發散亦此意
爾

君子修之吉小人悖之凶

聖人太極之全體一動一靜無適而非中正仁義之

極蓋不假修為而自然也未至此而修之君子之所以吉也不知此而悖之小人之所以凶也修之悖之亦在乎敬肆之間而已矣敬則欲寡而理明寡之又寡以至於無則靜虛動直而聖可學矣

故曰立天之道曰陰與陽立地之道曰柔與剛立人之道曰仁與義又曰原始反終故知生死之説

陰陽成象天道之所以立也剛柔成質地道之所以立也仁義成德人道之所以立也道一而已隨事著

見故有三才之别而於其中又各有體用之分焉其實則一太極也陽也剛也仁也物之始也陰也柔也義也物之終也能原其始而知所以生則反其終而知所以死矣此天地之間綱紀造化流行古今不言之妙聖人作易其大意蓋不出此故引之以證其說大哉易也斯其至矣

易之爲書廣大悉備然語其至極則此圖盡之其指豈不深哉抑嘗聞之程子昆弟之學於周子也周子

手是圖以授之程子之言性與天道多出於此然卒未嘗明以此圖示人是則必有微意焉學者亦不可以不知也

朱子曰此所謂無極而太極也所以動而陽靜而陰之本體也然非有以離乎陰陽也即陰陽而指其本體不離乎陰陽而為言爾◎此○之動而陽靜而陰也中○者其本體也◎者陽之動也○之用所以行也☽者陰之靜也○之體所以立也☽者☾之根也

☾者☽之根也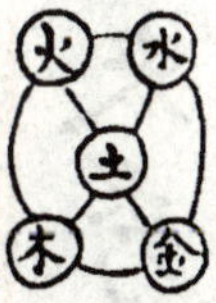此陽變陰合而生水火木金土也〉者陽之變也〈者陰之合也㊌陰盛故居右㊋陽盛故居左㊍陽穉故次火㊎陰穉故次水㊏冲氣故居中而水火之⋀交系乎上陰根陽陽根陰也水而木木而火火而土土而金金而復水如環無端五氣布四時行也○◎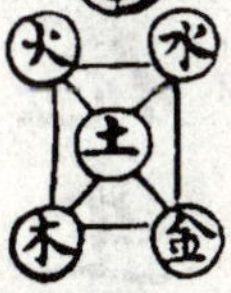五行一陰陽五殊二實無餘欠也陰陽一太極精粗本末無彼此也太極本無極上天之載無聲臭也五行之生各一其性氣殊質異

各一其○無假借也此無極二五所以妙合而無間也○乾男坤女以氣化者言也各一其性而男女一太極也○萬物化生以形化者言也各一其性而萬物一太極也惟人也得其秀而最靈則所謂人○者於是乎在矣然形☽之為也神☾之發也五性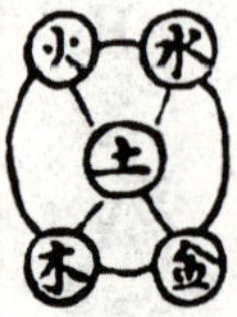

之德也善惡男女之分也萬事萬物之象也此天下之動所以紛紜交錯而吉凶悔吝所由以生也惟聖人者又得夫秀之精一而有以全乎○之體用

者也是以一動一靜各臻其極而天下之故常感通乎寂然不動之中蓋中也仁也感也所謂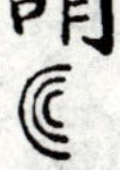也○之用所以行也正也義也寂也所謂也○之體所以立也中正仁義渾然全體而靜者常爲主焉則人○於是乎立而○

天地日月四時鬼神有所不能違矣君子之戒謹恐懼所以修此而吉也小人之放辟邪侈所以悖此而凶也天地人之道各一○也陽也剛也仁也所謂也物之始也陰也柔也義也所

謂☽也物之終也此所謂易也而三極之道立焉實則一〇也故曰易有太極◎之謂也

通書

誠上第一章

誠者聖人之本

誠者至實而無妄之謂天所賦物所受之正理也人皆有之而聖人之所以聖者無他焉以其獨能全此而已此書與太極圖相表裏誠即所謂太極也

大哉乾元萬物資始誠之源也
此上二句引易以明之乾者純陽之卦其義爲健乃
天德之别名也元始也資取也言乾道之元萬物所
取以爲始者乃實理流出以賦於人之本如水之有
源即圖之陽動也
乾道變化各正性命誠斯立焉
此上二句亦易文天所賦爲命物所受爲性言乾道
變化而萬物各得受其所賦之正則實理於是而各

為一物之主矣即圖之陰靜也

純粹至善者也

純不雜也粹無疵也此言天之所賦物之所受皆實
理之本然無不善之雜也

故曰一陰一陽之謂道繼之者善也成之者性也

此亦易文陰陽氣也形而下者也所以一陰一陽者
理也形而上者也道即理之謂也繼之者氣之方出
而未有所成之謂也善則理之方行而未有所立之

名也陽之屬也誠之源也成則物之已成性則理之
已立者也陰之屬也誠之立也
元亨誠之通利貞誠之復
元始亨通利遂貞正乾之四德通者方出而賦於物
善之繼也復者各得而藏於已性之成也此於圖已
爲五行之性矣
大哉易也性命之源乎
易者交錯代換之名卦爻之立由是而已天地之間

陰陽交錯而實理流行一賦一受於其中亦猶是也

誠下第二章

聖誠而已矣

聖人之所以聖不過全此實理而已即所謂太極者也

誠五常之本百行之源也

五常仁義禮智信五行之性也百行孝悌忠順之屬

萬物之象也實理全則五常不虧而百行修矣

靜無而動有至正而明達也

方靜而陰誠固未嘗無也以其未形而謂之無爾及
動而陽誠非至此而後有也以其可見而謂之有爾
靜無則至正而已動有然後明與達者可見也

五常百行非誠非也邪暗塞也

非誠則五常百行皆無其實所謂不誠無物者也靜
而不正故邪動而不明不達故暗且塞

故誠則無事矣

誠則衆理自然無一不備不待思勉而從容中道矣

至易而行難

實理自然故易人偽奪之故難

果而確無難焉

果者陽之決確者陰之守決之勇守之固則人偽不能奪之矣

故曰一日克己復禮天下歸仁焉

克去己私復由天理天下之至難也然其機可一日

而決其效至於天下歸仁果確之無難如此

誠幾德第三章

誠無為

實理自然何為之有即太極也

幾善惡

幾者動之微善惡之所由分也蓋動於人心之微則天理固當發見而人欲亦已萌乎其間矣此陰陽之象也

德愛曰仁宜曰義理曰禮通曰智守曰信

道之得於心者謂之德其别有是五者之用而因以名其體焉即五行之性也

性焉安焉之謂聖

性者獨得於天安者本全於己聖者大而化之之稱此不待學問勉强而誠無不立幾無不明德無不備者也

復焉執焉之謂賢

復者反而致之執者保而持之賢者才德過人之稱

此思誠研幾以成其德而有以守之者也

發微不可見充周不可窮之謂神

發之微妙而不可見充之周徧而不可窮則聖人之妙用而不可知者也

聖第四章

寂然不動者誠也感而遂通者神也動而未形有無之間者幾也

本然而未發者實理之體善應而不測者實理之用

動靜體用之間介然有頃之際則實理發見之端而

衆事吉凶之兆也

誠精故明神應故妙幾微故幽

清明在躬志氣如神精而明也不疾而速不行而至

應而妙也理雖已萌事則未著微而幽也

誠神幾曰聖人

性焉安焉則精明應妙而有以洞其幽微矣

慎動第五章

動而正曰道

動之所以正以其合乎衆所共由之道也

用而和曰德

用之所以和以其得道於身而無所待於外也

匪仁匪義匪禮匪智匪信悉邪也

所謂道者五常而已非此則其動也邪矣

邪動辱也甚焉害也

無得於道則其用不和矣

故君子慎動

動必以正則和在其中矣

道第六章

聖人之道仁義中正而已矣

中即禮正即智圖解備矣

守之貴

天德在我何貴如之

行之利

順理而行何往不利

廓之配天地

充其本然並立之全體而已矣

豈不易簡豈為難知

道體本然故易簡人所易有故易知

不守不行不廓爾

言為之則是而嘆學者自失其幾也

師第七章

或問曰曷為天下善曰師曰何謂也曰性者剛柔善惡中而已矣

此所謂性以氣禀而言也

不達曰剛善為義為直為斷為嚴毅為幹固惡為猛為隘為彊梁柔善為慈為順為巽惡為懦弱為無斷為邪佞

剛柔固陰陽之大分而其中又各有陰陽以為善惡

之分焉惡固為非正而善者亦未必皆得乎中也惟中也者和也中節也天下之達道也聖人之事也此以得性之正而言也然其以和為中與中庸不合蓋就已發無過不及者而言之如書所謂允執厥中者也

故聖人立教俾人自易其惡自至其中而止矣易其惡則剛柔皆善有嚴毅慈順之德而無彊梁懦弱之病矣至其中則其或為嚴毅或為慈順也又皆

中節而無太過不及之偏矣
故先覺覺後覺闇者求於明而師道立矣
師者所以攻人之惡正人之不正而已矣
師道立則善人多善人多則朝廷正而天下治矣
此所以爲天下善也○此章所言剛柔即易之兩儀
各加善惡即易之四象易又加倍以爲八卦而此書
及圖則止於四象以爲火水金木而即其中以爲土
蓋道體則一而人之所見詳畧不同但於本體不差

則並行而不悖矣

幸第八章

人之生不幸不聞過大不幸無恥

不聞過人不告也無恥我不仁也

必有恥則可教聞過則可賢

有恥則能發憤而受教聞過則知所改而為賢然不可教則雖聞過而未必能改矣以此見無恥之不幸為尤大也

思第九章

洪範曰思曰睿睿作聖

睿通也

無思本也思通用也幾動於彼誠動於此無思而無不通爲聖人

無思誠也思通神也所謂誠神幾曰聖人也

不思則不能通微不睿則不能無不通是則無不通生於通微通微生於思

通微睿也無不通聖也

故思者聖功之本而吉凶之機也

思之至可以作聖而無不通其次亦可以見幾通微

而不陷於凶咎

易曰君子見幾而作不俟終日

睿也

又曰知幾其神乎

聖也

志學第十章

聖希天賢希聖士希賢

希望也字本作睎

伊尹顔淵大賢也伊尹耻其君不爲堯舜一夫不得其所若撻於市顔淵不遷怒不貳過三月不違仁

說見書及論語皆賢人之事也

志伊尹之所志學顔子之所學

此言士希賢也

過則聖反則賢不反則亦不失於令名
三者隨其用力之淺深以為所至之近遠不失令名
以其有為善之實也○胡氏曰周子患人以發策決
科榮身肥家希世取寵為事也故曰志伊尹之所志
患人以廣聞見工文詞矜智能慕空寂為事也故曰
學顏子之所學人能志此志而學此學則知此書之
包括至大而其用無窮矣
順化第十一章

天以陽生萬物以陰成萬物生仁也成義也

陰陽以氣言仁義以道言詳已見圖解矣

故聖人在上以仁育萬物以義正萬民

所謂定之以仁義

天道行而萬物順聖德修而萬民化大順大化不見其迹莫知其然之謂神

天地聖人其道一也

故天下之衆本在一人道豈遠乎哉術豈多乎哉

天下之本在君君之本在心心之術在仁義

治第十二章

十室之邑人人提耳而教且不及況天下之廣兆民之衆哉曰純其心而已矣

純者不雜之謂心謂人君之心

仁義禮智四者動靜言貌視聽無違之謂純

仁義禮智五行之德也動靜陰陽之用而言貌視聽五行之事也德不言信事不言思者欲其不違則固

以思為主而必求是四者之實矣

心純則賢才輔

君取人以身臣道合而從也

賢才輔則天下治

衆賢各任其職則不待人人提耳而教矣

純心要矣用賢急焉

心不純則不能用賢不用賢則無以宣化

禮樂第十三章

禮理也樂和也
禮陰也樂陽也
陰陽理而後和君君臣臣父父子子兄兄弟弟夫夫婦婦萬物各得其理然後和故禮先而後樂
此定之以中正仁義而主靜之意程子論敬則自然和樂亦此理也學者不知持敬而務為和樂鮮不流於慢者

務實第十四章

實勝善也名勝耻也故君子進德修業孳孳不息務實勝也德業有未著則恐恐然畏人知遠耻也小人則偽而已故君子曰休小人曰憂

實修而無名勝之耻故休名勝而無實修之善故憂

愛敬第十五章

有善不及

設問人或有善而我不能及則如之何

曰不及則學焉

答言當學其善而已

問曰有不善

問人有不善則何以處之

曰不善則告之以不善且勸曰庶幾有改乎斯爲君子

答言人有不善則告之以不善而勸其改告之者恐其不知此事之爲不善也勸之者恐其不知不善之可改而爲善也

有善一不善二則學其一而勸其二

亦荅詞也言人有善惡之雜則學其善而勸其惡有語曰斯人有是之不善非大惡也則曰孰無過焉知其不能改改則為君子矣不改為惡惡者天惡之彼豈無畏邪烏知其不能改

亦荅言聞人有過雖不得見而告勸之亦當荅以此冀其或聞而自改也有心悖理謂之惡無心失理謂之過

故君子悉有衆善無弗愛且敬焉

善無不學故悉有衆善惡無不勸故不棄一人於惡

不棄一人於惡則無所不用其愛敬矣

動靜第十六章

動而無靜靜而無動物也

有形則滯於一偏

動而無動靜而無靜神也

神則不離於形而不囿於形矣

動而無動靜而無靜非不動不靜也

動中有靜靜中有動

物則不通神妙萬物

結上文起下意

水陰根陽火陽根陰

水陰也而生於一則本乎陽也火陽也而生於二則本乎陰也所謂神妙萬物者如此

五行陰陽陰陽太極

此即所謂五行一陰陽陰陽一太極者以神妙萬物

之體而言也

四時運行萬物終始

此即所謂五氣順布四時行焉無極二五妙合而凝者以神妙萬物之用而言也

混兮闢兮其無窮兮

體本則一故曰混用散而殊故曰闢一動一靜其運如循環之無窮此兼舉其體用而言也○此章發明圖意更宜參考

樂上第十七章

古者聖王制禮法修教化三綱正九疇敘百姓太和萬物咸若

綱綱上大繩也三綱者夫為妻綱父為子綱君為臣綱也疇類也九疇見洪範若順也此所謂理而後和也

乃作樂以宣八風之氣以平天下之情

八音以宣八方之風見國語宣所以達其理之分平

所以節其和之流

故樂聲淡而不傷和而不淫入其耳感其心莫不淡且

和焉淡則欲心平和則躁心釋

淡者理之發和者和之為先淡後和亦主静之意也

然古聖賢之論樂曰和而已此所謂淡葢以今樂形

之而後見其本於莊正齊肅之意爾

優柔平中德之盛也天下化中治之至也是謂道配天

地古之極也

欲心平故平中躁心釋故優柔言聖人作樂功化之
盛如此或云化中當作化成
後世禮法不修政刑苛紊縱欲敗度下民困苦謂古樂
不足聽也代變新聲妖淫愁怨導欲增悲不能自止故
其弊有可立而待之者可不慎哉
廢禮敗度故其聲不淡而妖淫政苛民困故其聲不
和而愁怨妖淫故導欲而至輕生敗倫愁怨故增悲
而至於賊君棄父

嗚呼樂者古以平心今以助欲古以宣化今以長怨
古今之異淡與不淡和與不和而已
不復古禮不變今樂而欲至治者遠矣
復古禮然後可以變今樂

樂中第十八章

樂者本乎正也政善民安則天下之心和故聖人作樂
以宣暢其和心達於天地天地之氣感而太和焉天地
和則萬物順故神祇格鳥獸馴

聖人之樂既非無因而強作而其制作之妙又能真得其聲氣之元故其志氣天人交相感動而其效至此

樂下第十九章

樂聲淡則聽心平樂辭善則歌者慕故風移而俗易矣妖聲豔辭之化也亦然

聖學第二十章

聖可學乎曰可曰有要乎曰有請聞焉曰一為要道者

無欲也無欲則靜虚動直靜虚則明明則通動直則公
公則溥明通公溥庶矣乎
此章之指最爲切要然其辭義明白不煩訓解學者
能深玩而力行之則有以知無極之真兩儀四象之
本皆不外乎此心而日用間自無别用力處矣
公明第二十一章
公於已者公於人未有不公於已而能公於人也
此爲不勝已私而欲任法以裁物者發

明不至則疑生明無疑也謂能疑爲明何啻千里

此爲不能先覺而欲以逆詐億不信爲明者𤼵然明

與疑正相南北何啻千里之不相反乎

理性命第二十二章

厥彰厥微匪靈弗瑩

此言理也陽明陰晦非人心太極之至靈孰能明之

剛善剛惡柔亦如之中焉止矣

此言性也說見第七篇即五行之理也

二氣五行化生萬物五殊二實二本則一是萬爲一

實萬分萬一各正小大有定

此言命也二氣五行天之所以賦受萬物而生之者

也自其末以縁本則五行之異本二氣之實二氣之

實又本一理之極是合萬物而言之爲一太極而已

也自其本而之末則一理之實而萬分之以爲體故

萬物之中各有一太極而小大之物莫不各有一定

之分也○此章與十六章意同

顏子第二十三章

顏子一簞食一瓢飲在陋巷人不堪其憂而不改其樂

說見論語

夫富貴人所愛也顏子不愛不求而樂乎貧者獨何心哉

設問以發其端

天地間有至貴至愛可求而異乎彼者見其大而忘其小焉爾

至愛之間當有富可二字所謂至富至貴可愛可求者即周子之教程子每令尋仲尼顏子樂處所樂何事者也然學者當深思而實體之不可但以言語解會而已

見其大則心泰心泰則無不足無不足則富貴貧賤處之一也處之一則能化而齊故顏子亞聖

齊字意復恐或有悮或曰化大而化也齊齊於聖也亞則將齊而未至之名也

師友上第二十四章

天地間至尊者道至貴者德而已矣至難得者人人而至難得者道德有於身而已矣

此畧承上章之意其理雖明然人心蔽於物欲鮮克知之故周子每言之詳焉

求人至難得者有於身非師友則不可得也已

是以君子必隆師而親友

師友下第二十五章

道義者身有之則貴且尊

周子於此一意而屢言之非復出也其丁寧之意切

矣

人生而蒙長無師友則愚是道義由師友有之

此處恐更有由師友字屬下句

而得貴且尊其義不亦重乎其聚不亦樂乎

此重此樂人亦少知之者

過第二十六章

仲由喜聞過令名無窮焉今人有過不喜人規如護疾而忌醫寧滅其身而無悟也噫

勢第二十七章

天下勢而已矣勢輕重也

一輕一重則勢必趨於重而輕愈輕重愈重矣

極重不可反識其重而亟反之可也

重未極而識之則猶可反也

反之力也識不早力不易也

反之在於人力而力之難易又在識之早晚力而不競天也不識不力人也不識則不知用力不力則雖識無補天乎人也何尤

問勢之不可反者果天之所為乎若非天而出於人之所為則亦無所歸罪矣

文辭第二十八章

文所以載道也輪轅飾而人弗庸徒飾也況虛車乎

文所以載道猶車所以載物故為車者必飾其輪轅為文者必善其詞説皆欲人之愛而用之然我飾之而人不用則猶為虛飾而無益於實況不載物之車不載道之文雖美其飾亦何所為乎

文辭藝也道德實也篤其實而藝者書之美則愛愛則傳焉賢者得以學而至之是為教故曰言之無文行之不遠

此猶車載物而輪轅飾也

然不賢者雖父兄臨之師保勉之不學也強之不從也

此猶車已飾而人不用也

不知務道德而第以文辭爲能者藝焉而已噫弊也久

矣

此猶車不載物而徒美其飾也〇或疑有德者必有

言則不待藝而後其文可傳矣周子此章似猶別以

文辭爲一事而用力焉何也曰人之才德偏有長短

其或意中了了而言不足以發之則亦不能傳於遠

矣故孔子曰辭達而已矣程子亦言西銘吾得其意

但無子厚筆力不能作爾正謂此也然言或可少而

德不可無有德而有言者常多有德而不能言者常

少學者先務亦勉於德而已矣

聖藴第二十九章

不憤不啓不悱不發舉一隅不以三隅反則不復也

說見論語言聖人之教必當其可而不輕發也

子曰予欲無言天何言哉四時行焉百物生焉

說亦見論語言聖人之道有不待言而顯者故其言
如此
然則聖人之藴微顏子殆不可見發聖人之藴教萬世
無窮者顏子也聖同天不亦深乎
藴中所畜之名也仲尼無迹顏子微有迹故孔子之
教既不輕發又未嘗自言其道之藴而學者唯顏子
為得其全故因其進修之迹而後孔子之藴可見猶
天不言而四時行百物生也

常人有一聞知恐人不速知其有也急人知而名也薄
亦甚矣

聖凡異品高下懸絕有不待較而明者其言此者正
以深厚之極警夫淺薄之尤爾然於聖人言深常人
言薄者深則厚淺則薄上言首下言尾互文以明之
也

精蘊第三十章

聖人之精畫卦以示聖人之蘊因卦以發卦不畫聖人

之精不可得而見微卦聖人之蘊殆不可悉得而聞

精者精微之意畫前之易至約之理也伏羲畫卦專以明此而已蘊謂凡卦中之所有如吉凶消長之理進退存亡之道至廣之業也有卦則因以形矣

易何止五經之源其天地鬼神之奥乎

陰陽有自然之變卦畫有自然之體此易之為書所以為文字之祖義理之宗也然不止此蓋凡管於陰陽者雖天地之大鬼神之幽其理莫不具於卦畫之

中焉此聖人之精藴所以必於此而寄之也

乾損益動第三十一章

君子乾乾不息於誠然必懲忿窒慾遷善改過而後至乾之用其善是損益之大莫是過聖人之旨深哉此以乾卦爻詞損益大象發明思誠之方葢乾乾不息者體也去惡進善者用也無體則用無以行無用則體無所措故以三卦合而言之或曰其字亦是莫字

吉凶悔吝生乎動噫吉一而已動可不慎乎
四者一善而三惡故人之所值福常少而禍常多不
可不謹○此章論易所謂聖人之藴

家人睽復无妄第三十二章

治天下有本身之謂也治天下有則家之謂也
則謂物之可視以爲法者猶俗則例則様也
本必端端本誠心而已矣則必善善則和親而已矣
心不誠則身不可正親不和則家不可齊

家難而天下易家覩而天下踈也

覩者難處踈者易裁然不先其難亦未有能其易者

家人離必起於婦人故睽次家人以二女同居而志不同行也

睽次家人易卦之序二女以下睽彖傳文二女謂睽卦兌下離上兌少女離中女也陰柔之性外雖悅而內猜嫌故同居而異志

堯所以釐降二女于嬀汭舜可禪乎吾茲試矣

釐理也降下也嬀水名汭水北舜所居也堯理治下
嫁二女舜將以試舜而授之天下也
是治天下觀於家治家觀身而已矣身端心誠之謂也
誠心復其不善之動而已矣
不善之動息於外則善心之生於内者無不實矣
不善之動妄也妄復則无妄矣无妄則誠矣
程子曰无妄之謂誠
故无妄次復而曰先王以茂對時育萬物深哉

无妄次復亦卦之序先王以下引无妄卦大象以明對時育物唯至誠者能之而贊其旨之深也○此章發明四卦亦皆所謂聖人之藴

富貴第三十三章

君子以道充為貴身安為富故常泰無不足而銖視軒冕塵視金玉其重無加焉爾

此理易明而屢言之欲人有以真知道義之重而不為外物所移也

陋第三十四章

聖人之道入乎耳存乎心藴之爲德行行之爲事業彼以文辭而已者陋矣

意同上章欲人真知道德之重而不溺於文辭之陋也

擬議第三十五章

至誠則動動則變變則化故曰擬之而後言議之而後動擬議以成其變化

中庸易大傳所指不同今合而言之未詳其義或曰至誠者實禮之自然擬議者所以誠之之事也

刑第三十六章

天以春生萬物止之以秋物之生也既成矣不止則過焉故得秋以成聖人之法天以政養萬民肅之以刑民之盛也欲動情勝利害相攻不止則賊滅無倫焉故得刑以治

意與十一章略同

情偽微曖其變千狀苟非中正明達果斷者不能治也訟卦曰利見大人以剛得中也噬嗑曰利用獄以動而明也

中正本也明斷用也然非明則斷無以施非斷則明無所用二者又自有先後七訟之中兼乎正噬嗑之明兼乎達訟之剛噬嗑之動即果斷之謂也

嗚呼天下之廣主刑者民之司命也任用可不慎乎

公第三十七章

聖人之道至公而已矣或曰何謂也曰天地至公而已
矣

孔子上第三十八章

春秋正王道明大法也孔子為後世王者而修也亂臣
賊子誅死者於前所以懼生者於後也宜乎萬世無窮
王祀夫子報德報功之無盡也

孔子下第三十九章

道德高厚教化無窮實與天地參而四時同其惟孔子

乎

道高如天者陽也德厚如地者陰也教化無窮如四時者五行也孔子其太極乎

蒙艮第四十章

童蒙求我我正果行如筮焉筮叩神也再三則瀆矣瀆則不告也

此通下三節雜引蒙卦彖象而釋其義童稚也蒙暗也我謂師也筮揲蓍以決吉凶也言童蒙之人來求

於我以發其蒙而我以正道果決彼之所行如筮者
叩神以決疑而神告之吉凶以果決其所行也叩神
求師專一則明如初筮則告二三則惑故神不告以
吉凶師亦不當決其所行也
山下出泉靜而清也汩則亂亂不決也
山下出泉大象文山靜泉清有以全其未發之善故
其行可果汩再三也亂瀆也不決不告也蓋汩則不
靜亂則不清既不能保其未發之善則告之不足以

果其所行而反滋其惑不如不告之為愈也

慎哉其惟時中乎

時中者彖傳文教當其可之謂也初則告瀆則不告靜而清則決之汩而亂則不決皆時中也

艮其背背非見也靜則止止非為也為不止矣其道也深乎

此一節引艮卦之彖而釋之艮止也背非有見之地也艮其背者止於不見之地也止於不見之地則靜

靜則止而無爲一有爲之之心則非止之道矣○此章發明二卦皆所謂聖人之藴而主靜之意矣

附録

太極圖通書總序乾道己丑　朱熹

右周子之書一編今舂陵零陵九江皆有本而互有同異長沙本最後出乃熹所編定視他本最詳密矣然猶有所未盡也蓋先生之學其妙具於太極一圖通書之指皆發此圖之藴而程先生兄弟語及性命

之際亦未嘗不因其說觀通書之誠動靜理性命等章及程氏之書李仲通銘程邵公誌顏子好學論等篇則可見矣故潘清逸誌先生之墓叙所著書特以作太極圖為稱首然則此圖當為書首不疑也然先生既手以授二程本因附書後（祁寬居之云）傳者見其如此遂誤以圖為書之卒章不復釐正使先生立象盡意之微旨暗而不明而驟讀通書者亦復不知有所總攝此則諸本皆失之而長沙通書因胡氏所傳篇

章非復本次又削去分章之目而别以周子曰加之於書之大義雖若無害然要非先生之舊亦有去其日而遂不可曉者如理性命章之類又諸本附載銘碣詩文事多重復亦或不能有發明於先生之道以幸學者故今特據潘誌置圖篇端以為先生之精意則可以通乎書之說矣至於書之分章定次亦皆復其舊貫而取公及蒲左丞孔司封黄太史所記先生行事之實刪去重復合為一篇以便觀者蓋世所傳先生之書

言行具此矣潘公所謂易通疑即通書而易說獨不
可見向見友人多蓄異書自謂有傳本亟取而觀焉
則淺陋可笑皆舍去時舉子綴葺緒餘與圖說通書
絕不相似不問可知其僞獨不知世復有能得其真
者與否以圖書推之知其所發當極精要微言湮沒
甚可惜也熹又嘗讀朱內翰震進易說表謂此圖之
傳自陳摶种放穆修而來而五峰胡公仁仲作通書
序又謂先生非止爲种穆之學者此特其學之一師

耳非其至者也夫以先生之學之妙不出此圖以為
得之於人則決非种穆所及以為非其至者則先生
之學又何以加於此圖哉是以竊嘗疑之及得誌文
考之然後知果先生之所自作而非有所受於人者
公蓋皆未見此誌而云云耳人有真能立伊尹之志
修顏子之學則知此書之言包括至大而聖門之事
業無窮矣

太極圖解序　張栻

二程先生道學之傳發於濂溪周子而太極圖乃濂溪自得之妙蓋以手授二程先生者或曰濂溪傳太極圖於穆修修之學出於陳摶豈其然乎此非諸子所得而知也其言約其意微自孟氏以來未之有也通書之說大抵皆發明此意故其首章曰誠者聖人之本大哉乾元萬物資始誠之源也乾道變化各正性命誠斯立焉夫曰聖人之本誠之源者蓋深明萬化之一源也以見聖人之精蘊此即易之所謂密中

庸之所謂無聲無臭者也至於乾道變化各正性命則是本體之流行發見者故曰誠斯立焉其篇云五行陰陽太極四時運行萬物終始混兮闢兮其無窮兮道學之傳實在乎此愚不敏輒舉大端與朋友共識焉雖然太極豈可以圖傳也先生之意特假圖以立義使學者默會其旨歸要當得之言意之表可也不然而謂可以方所求之哉

太極圖解後序　張栻

或曰太極圖周先生手授二程先生者也今二程先生之所講論答問之見於遺書大畧可睹獨未及此圖何耶以爲未可遽示則聖人之微辭見於中庸易繫者先生固多所發明矣而何獨祕於此耶栻應之曰二程先生雖不及此圖然其說固多本之矣試詳攷之當自可見學者誠能從事於敬眞積力久則夫動靜之幾將深有感於隱微之間而是圖之妙可以嘿得於胷中不然縱使辯說之詳猶爲無益也嗟乎

先生誠通誠復之論其至矣乎聖人與天地同用通而復復而通中庸以喜怒哀樂未發已發言之又就人身上推尋至於見得大本達道處又袞同只是此理此理就人身上推尋若不於未發已發處看即何緣知之蓋就天地之本源與人物上推來不得不異此所以於動而生陽難為以喜怒哀樂已發言之在天地只是理也今欲作兩節看切恐差了復卦見天地之心先儒以為靜見天地之心伊川先生以為動

乃見此恐便是動而生陽之理然於復卦發出此一段示人又於初爻以顏子不遠復爲之此只要示人無間斷之意人與天地一也就此理上皆收拾來與天地合其德與日月合其明與四時合其序與鬼神合其吉凶皆其度内爾

通書後跋　張栻

濂溪周先生通書友人朱熹元晦以太極圖列于篇首而題之曰太極通書栻刻於嚴陵學宮以示多士

嗟乎自聖學不明語道者不睹夫大全卑則割裂而無統高則汗漫而不精是以性命之說不參乎事物之際而經世之務僅出乎私意小智之為豈不可歎哉惟先生生乎千有餘載之後超然獨得夫大易之傳所謂太極圖乃其綱領也推明動靜之一源以見生化之不窮天命流行之體無乎不在文理密察本末該貫非闡微極幽莫能識其指歸也然而學者若之何而可以進於是哉亦曰敬而已矣誠能起居食

息主一而不舍則其德性之知必有卓然不可掩於
體察之際者而後先生之藴可得而窮太極可得而
識矣

無極而太極辯　　程頤

極之得名以屋之脊棟為一屋之中居高處蓋為衆
木之總會四方之尊仰而舉一屋之木莫能加焉故
極之義雖訓為至而實則以有方所形狀而指名也
如北極皇極爾極民極之類皆取諸此然皆以物之

有方所形狀適似於極而具極之義故以極名之以物喻物蓋無難曉惟大傳以易之至理在易之中為衆理之總會萬化之本源而舉天下之理莫能加焉其義莫可得名而有類於極於是取極名之而係以太則其尊而無對又非他極之比也然則太極者特假是物以名是理雖因其有方所形狀以名而非有方所形狀之可求雖與他書所用極字取義畧同而以實喻虛以有喻無所喻在於言外其意則異周子

有見於此恐夫人以他書閑字之例求之則或未免滯於方所形狀而失聖人取喻之意故為之言曰無極而太極蓋其指辭之法猶曰無形而至形無方而大方欲人知夫非有是極而謂之太極亦特托於極以明理耳又曰太極本無極也蓋謂之極則有方所形狀矣故又反而言之謂無極云耳本非有極之實欲人不以方所形狀求而當以意會於此其反覆推本聖人所以言太極之意最為明白後之讀者字義

不明而以中訓極已爲失之然又不知極字但爲取喻而遽以理言故不惟理不可無於周子無極之語有所難通且太極之爲至理其辭已足而加以無極則誠似於贅者矣因見象山語無極書正應不能察此而輒肆於麄辯爲之切嘆故著其說如此云

五行說　程頤

五行之序以質之所生而言則水本是陽之濕氣以其初動爲陰所陷而不得遂故水陰勝火本是陰之

燥氣以其初動為陽所拚而不得達故火陽勝益生之者微成之者盛生之者形之始成之者形之終也然各以偏勝也故雖有形而未成質以氣升降土不得而制焉木則陽之濕氣浸多以感於陰而舒故發而為水其質柔其性煖金則陰之燥氣浸多以感於陽而縮故結而為金其質剛其性寒土則陰陽之氣各盛相交相搏凝而成質以氣之行而言則一陰一陽往來相代木火金水云者各就其中而分老少耳

故其序各由少而老土則分旺四季而位居中者也此五者序若參差而造化所以爲發育之具實竝行而不相悖蓋質則陰陽交錯凝合而成氣則陰陽兩端循環不已質曰水火木金蓋以陰陽相間言猶曰東西南北所謂對代者也氣曰木火金水蓋以陰陽相因言猶曰東南西北所謂流行者也質雖一定而不易氣則變化而無窮所謂易也

通書序畧　胡宏

道書四十章周子之所述也周子名惇頤字茂叔舂陵人推其道學所自或曰傳太極圖於穆修也傳先天圖於种放放傳於陳摶此殆其學之一師歟非其至者也希夷先生有天下之願而卒於鳳歌荷蓧長往不來者伍於聖人無可無不可之道亦似有未至者程明道先生嘗謂門弟子曰昔受學於周子令尋仲尼顏子所樂者何事而明道先生自再見周子吟風弄月以歸道學之士皆謂程顥氏續孟子不傳之

學則周子豈特為种穆之學而止者哉粤若稽古孔子述三五之道立百王經世之法孟軻氏闢楊墨推明孔子之澤以為萬世不斬人謂孟氏功不在禹下今周子起程氏兄弟以不傳之妙一回萬古之光明如日麗天將為百世之利澤如水行地其功蓋在孔孟之間矣人見其書之約也而不知道之大也見其文之質也而不知其義之精也見其言之淡也而不知其味之長也顧愚何足以知之然服膺有年矣試

舉一二語為同志者起予之益乎患人以發策決科榮身肥家希世取寵為事也則曰志伊尹之所志患人以知識聞見為得而自畫不待價而自沽也則曰學顏子之所學人有真能立伊尹之志修顏子之學者然後知通書之言包括至大而聖門之事業無窮矣故此一卷書皆發端以示人者宜其度越諸子直與易書詩春秋語孟同流行乎天下是以敘而藏之遇天下之善士又尚論前修而欲讀其書者則傳焉

書太極圖解後　　度正

正始讀先生所釋太極圖說莫得其義然時時覽而思之不敢廢其後十有餘年讀之既久然後始知所謂上之一圈者太極本然之妙也反其動靜既分陰陽既形而其所謂上之一圈者常在乎其中蓋本然之妙未始相離也至於陰陽變合而生五行水火木金土各具一圈者所謂分而言之一物一太極也水而木木而火火而土土而金復會於一圈者所謂合

而言之五行一太極也然其指五行之合也總水火木金而不及土者蓋土行四氣舉是四者以該之兩儀生四象之義也其下之一圈爲乾男坤女者所謂男女一太極也又其下之一圈爲萬物化生者所謂萬物一太極也以見太極之妙流行於天地之間者無乎不在而無物不然也然太極本然之妙初無方所之可名無聲臭之可議學者之求之其將何以求之此心而已矣學者誠能自識其心反而求之日用

之間則將有可得而言者夫寂然不動喜怒哀樂之未發者此心之體而太極本然之妙於是乎在也感而遂通喜怒哀樂之既發者此心之用而太極本然之妙於是而流行也然以發者可見而未發者不可見已發者可聞而未發者不可聞學者於此深體而默識之因其可見以推其不可見因其可聞以推其不可聞庶乎融會貫通太極本然之妙可求而心極亦庶乎可立矣或者不知致察乎此而於所謂無極

云者真以為無而以為周子立言之病失之遠矣先生嘗語正曰萬物生於五行五行生於陰陽陰陽生於太極其理至此而極正當時聞之心中釋然若有以見夫天之所以然名之所以立者先生又曰乾道成男坤道成女何也此程子所謂海上無人之境而人忽生乎其間者此天地生物之始禮家所謂感生之道也又曰生天生地成鬼成帝即太極動靜生陰陽之義蓋先生晚年表裏洞然事理俱融凡諸子百

家一言一行之合於道者亦無不察况聖門之要旨

哉遂寧傅耆伯成未第時嘗從周子遊而接其議論

先生聞之嘗令正訪其子孫而求其遺文焉在吾鄉

時傅嘗有書謝其所寄姤說其後在永州又有書謝

其所寄改定同人說但傅之書稿無恙而周子之易

說則不可復見耳聞之先生令之通書本名易通則

六十四卦疑皆有其說今考其書獨有乾損益家人

睽復無妄蒙艮等說而亦無所謂姤說同人說者則

其書之散逸亦多矣可不惜哉夫太極者所以發明此心之妙用也通書者又所以發明太極之妙用也然其言辭之高深義理之微密有非後學可以驟而窺者今先生既已反復論辯究極其說章通句解無復可疑者其所以望於後之學者至矣正也輒不自量併以其聞之先生者附之於此學者其亦熟復而深味之哉

右正少時得明道伊川之書讀之始知推尊先生而

先生仕吾鄉時已以文學聞於當世遂搜求其當時遺文石刻下可得又欲於架閣庫詩其書判行事而郡當兩江之會屢遭大水無復存者始仕遂寧聞其鄉前輩故朝議大夫知漢州傅耆曾從先生遊先生嘗以始說及同人說寄之遂訪求之僅得其目録及長慶集載先生遺事頗詳久之又得其手書手謁二帖其後過梓歸得梓歸集之成都得李才元書臺集至嘉定得呂和叔淨德集來懷安又得蒲傳正清風

集皆載先生遺事至於其他私記小説及先生當時事者皆纂而録之一日與今夔路運司帳幹楊齊賢相會成都時楊方卓先生年譜且見囑以補其闕刊其誤楊先生之鄉士也操行甚高記覽亦極詳博意其所考訂必已精審退而閱之其載先生來吾鄉歲月頗自差舛甚者以周恭叔事爲先生事又以程師孟逸行詩爲趙清獻詩於是屢欲執筆未暇也及來重慶官事稍閒遂以平日之所聞者而爲此篇然其

所載於先生入蜀本末為最詳其他亦不能保其無所遺誤正德時嘗有志遍遊先生所遊之處以訪其遺言遺行今自以衰晩莫能遂其初志有志之士儻能乘意捜羅補而修之使無遺闕實區區之志也嗚呼天之未喪斯文也故其絶千有餘年而復續續之未久復又晦昧至近世復燦然大明小人之用事者自以為不利於已盡力以抑絶之頼天子聖明大明黜陟而斯文復興如日月之麗天人皆仰之有願學

之志假令百世之下復有能沮毀之者其何傷於日月乎其何傷於日月乎嘉定十四年八月二十有九日後學山陽度正謹序

性善兄頃在成都夜讀通鑑其後常患目昏不能多作字其編類濂溪家世年表藩執筆從旁書之書至買平紋紗杉材樗蒲綾袴段藩曰不太苛細否曰此固哲人細事如食人之精膾之細魚之綏紺緅之飾紅紫之服當暑之絺綌鄉黨皆備書之今讀之如生

於千載之前同堂合席也豈可忽乎蕃恐觀者之不達乎此故書之以示同志云嘉定十四年九月二十有五日弟蕃百拜謹䟦

又　張栻

按先生之書近歲以來其傳既益廣矣然皆不能無謬誤惟長沙建安板本為庶幾焉而猶頗有所未盡也蓋先生之學之奥其可以象告者莫備於太極之一圖若通書之言蓋皆所以發明其藴而誠動静理

性命等章爲尤著程氏之書亦皆祖述其意而李仲通銘程邵公誌顏子好學論等篇乃或并其語而道之故清逸潘公誌先生之墓而序其所著之書特以作太極圖爲首稱而後乃以易說易通繫之其知此矣然諸本皆附於通書之後而讀者遂誤以爲書之卒章使先生立象之微旨暗而不明驟而語夫通書者亦不知其綱領之在是也長沙本既未有所是正而通書乃因胡氏所定章次先後輒頗有所移易又

刊去章目而别以周子曰加之皆非先生之舊若理性命章之類則一去其目而遂不可曉其所附見銘碣詩文視他本則詳矣然亦或不能有以發明於先生之道而徒為重複故建安本特據潘誌置圖篇端而書之次序名章亦復其舊又即潘誌及蒲左丞孔司封黄太史所記先生行事之實删去重複參互考訂合為事狀一篇至於道學之微有諸君子所不及知者則又一以程氏及其門人之言為正以為先生

之書之言之行於此亦畧可見矣然後得臨汀楊方本以校而知其舛陋猶有未盡正者又得何君營道詩序及諸嘗遊舂陵者之言而知事狀所序濂溪命名之說有失其本意者覆校舊編而知筆削之際亦有當錄而誤遺之者又讀張忠定公語而知所論希夷种穆之傳亦有未盡其曲折者當欲別加是正以補其闕而病未能也茲乃被命假守南康遂獲守先生之遺教於百有餘年之後顧德弗類慚懼已深瞻

仰高山益切寤歎因取舊裒復加更定而更定其說如此鋟板學宫以與同志之士共覽觀焉淳熙已亥夏五月日

又（延平本）　張栻

臨汀楊方得九江故家傳本校此本不同者十有九處然亦互有得失其兩條此本之誤當從九江本如理性命章云柔如之（當作柔亦如之）師友章（當自道義者以下析為下章）其十四條義可兩通當並存之如誠幾德章云理曰

禮理一作履愼動章云邪動一作動邪化章一作順化愛敬章云有善此下一有是苟字學焉此下一有有字曰有不善一無此四字曰不善此下一有否字樂章云優柔平中平一作乎輕生敗倫倫一作常聖學章云請聞焉聞一作問顏子章云獨何心哉心一作以能化而齊齊一作濟一作消過章一作仲由刑章云不正即過焉即一作則其三條九江本誤而當以此本爲正如太極說云無極而太極而下誤多一生字誠章云誠斯立焉立誤作生家人睽復無妄章云誠心復其不善之動而已矣心誤作以凡十九

條

又南康本　朱熹

右周子太極圖并說一篇通書四十章世傳舊本遺文九篇遺事十五條事狀一篇熹所集次皆以校定可繕寫熹今附見於此學者得以考焉

周元公集卷一

欽定四庫全書

周元公集卷二

宋 周惇頤 撰

雜著

文類

養心亭說

孟子曰養心莫善於寡欲其為人也寡欲雖有不存焉者寡矣其為人也多欲雖有存焉者寡矣予謂養心不

止於寡焉而存耳蓋寡焉以至於無無則誠立明通誠立賢也明通聖也是聖賢非性生必養心而致之養心之善有大焉如此存乎其人而已張子宗範有行有文其居背山而面水山之麓構亭甚清淨予偶至而愛之因題曰養心既謝且求說故書以勉

愛蓮說

水陸草木之花可愛者甚蕃晉陶淵明獨愛菊自李唐來世人甚愛牡丹予獨愛蓮之出於泥而不染濯清漣

而不妖中通外直不蔓不枝香遠益清亭亭淨植可遠觀而不可褻翫焉予謂菊花之隱逸者也牡丹花之富貴者也蓮花之君子者也噫菊之愛陶之後鮮有聞蓮之愛同予者何人牡丹之愛宜乎衆矣

吉州彭推官詩序

惇實慶歷初為洪州分寧縣主簿被外臺檄承乏袁州盧溪鎮市征之局局鮮事袁之進士多來講學於公齋因談及今朝江左律詩之工坐間誦吉州彭推官篇者

六七其句字信乎能覷天巧而膾炙人口矣我聞分寧新邑宰上未踰月而才明之譽已飛數百里有謂惇實曰邑宰太博思永即鄉所誦之詩推官之子也吉與袁鄰郡父兄輩皆識推官第為善内樂殊忘官之高卑齒之壯老以至於没其慶將發於是乎惇實故又知推官之德暨還邑局聞推官之詩益多亦能記誦不忘十五年而太博為刑部郎中直史館益州路轉運使惇實自南昌知縣就移僉署巴州郡判官廳公事益梓鄰路也

泝流赴局過渝州越三舍接巴州境間有温泉佛寺巖舟遊覽忽覩榜詩乃推官之作喜豁讀訖録本納於轉運公公復書重謝且曰願刻一石若蒙繼以短序尤荷厚意故序於詩後而命工刻石置寺之堂焉實嘉祐二年正月十五日云承奉郎守太子中舍僉署合州軍士判官廳公事周惇實撰

邵州遷學釋菜文

惟夫子道高德厚教化無窮實與天地參而四時同上

自國都下及州縣通立廟貌州守縣令春秋釋奠雖天子之尊入廟肅恭行禮其重誠與天地參焉儒衣冠學道業者列室於廟朝夕目瞻睟容心慕至德幾與顏氏之子者有之得其位施其澤及生民者代有之然夫子之宫可忽歟而郡置於惡地掩於衙門左獄右庾穢喧歷年惇頤攝守州符嘗拜堂下惕汗流背起而議遷得地東南高明協卜用舊增新不日成就彩章晃服儼坐有序諸生既集率僚告成謹以禮幣藻蘋式陳明薦以

兖國公顏子配

維治平五年歲次戊申正月甲戌朔三日丙子朝奉郎尚書駕部員外郎通判永州軍州兼管内勸農事權發遣邵州軍州事上騎都尉賜緋魚袋周惇頤敢昭告于先師兖國公顏子爰以遷修廟學成恭修釋菜于先聖至聖文宣王惟子睿性通敏實幾於聖明誠道確夫子稱賢謹以禮幣藻蘋式陳明獻從祀配神

拙賦

或謂予曰人謂予拙予曰巧竊所耻也且患世多巧者予喜而賦之曰巧者言拙者默巧者勞拙者逸巧者賊拙者德巧者凶拙者吉嗚呼天下拙刑政徹上安下順風清弊絶

詩類

題門扉

有風還自掩無事晝常關開闔從方便乾坤在此間

題濂溪書堂

元子溪曰瀼詩傳到于今此俗良易化不欺顧相欽廬山我久愛買田山之陰田間有清水清泚出山心山心無塵土白石磷磷沈潺湲來數里到此始澄深有龍不可測岸木寒森森書堂搆其上隱几看雲岑倚梧或倚枕風月盈中襟或吟或冥默或酒或鳴琴數十黃卷軸賢聖談無音牕前即疇囿囿外桑麻林芊蔬可卒歲絹布足衣衾飽煖大富貴康寧無價金吾樂蓋易足名濂朝暮箴元子與周子相邀風月尋

書窗夜雨

秋風拂盡熱半夜雨淋灕遶屋是芭蕉一枕高響圍恰
似釣魚船篷底睡覺時

石塘橋晚釣

濂溪溪上釣思歸復思歸釣魚船好睡寵辱不相隨肯
為爵祿重白髮猶羈縻

靜思篇

靜思歸舊隱日出半山晴醉榻雲籠潤吟窗瀑瀉清閒

方為達士忙只是勞生朝市誰頭白車輪未曉鳴

贈譚虞部致仕

清時望郎貴白首故鄉歸有子紆藍綬將孫着綵衣松喬新道院鶴老舊漁磯知止自高德寧為遁者肥

天池

斯須暮雲合白日無餘暉金波從地湧寶燄穿林飛僧言自雄誇俗駭無因依安知本地靈發見隨天機

遊大林

三月山房暖林花互照明路盤層頂上人在半空行水色雲含白禽聲谷應清天風拂襟袂縹緲覺身輕

宿崇聖

公程無暇日暫得宿清幽始覺空門客不生浮世愁温泉喧古洞晚磬度危樓徹曉都忘寐心疑在沃州

題浩然閣

劉侯戴武弁政則心吾儒士茂先典學子賢勤讀書𡻕為莫不善才力蓋有餘西北方求帥浩然寧久居

題寇順之道院壁

一日復一日一杯復一杯青山無限好俗客不曾來往事一如此朱顏安在哉寄與地上客歷亂竟誰催

憶江西提刑何仲容

蘭似香為友松何枯向春榮來天澤重殁去繡衣新晝作百年夢終歸一窨塵痛心雙淚下無復見賢人

劒門

劒立溪峰信險深吾皇大道正天心百年外户都無閉

空有闕名點貢璪

題春晚

花落柴門掩夕暉昏鴉數點傍林飛吟餘小立闌干外遥見樵漁一路歸

題太顛壁

退之自謂如夫子原道深排佛老非不識太顛何似者數書珍重更留衣

牧童

東風放牧出長坡誰識阿童樂趣多歸路轉鞭牛背上
笛聲吹老太平歌

經古寺

琳宮金剎接林巒一逕潛通竹逕寒是處塵埃皆可息
時清終未忍辭官

同友人遊羅巖

聞有山巖即去尋亦躋雲外入松陰雖然未是洞中境
且異人間名利心

題惠州羅浮山

紅塵白日無閒人况有魚緋繫此身閑上羅浮閒送目浩然生意復吾真

題鄧州仙都觀

山盤江上虬龍活殿倚雲中洞府深欽想真風杳何在偃松喬柏共蕭森

宿山房

久厭塵氛樂静玄俸微獨乏買山錢徘徊真境不能去

且寄雲房一榻眠

遊赤水縣龍多山書仙臺觀壁

到官處處須尋勝惟此合陽無勝尋赤水有山仙甚古攀躋聊足到官心

喜同費長官遊

尋山尋水侶尤難愛利愛名心少閒此亦有君吾甚樂不辭高遠共躋攀

和費君樂遊山之什

雲樹巖泉景盡奇登臨深恨訪尋遲長樓未得於何記
猶有君能雅和詩

江上別石郎中

落葉蟬聲古渡頭渡頭人擁欲行舟別離情似長江水
遠亦隨公日夜流

香林別趙清獻

公暇頻陪麈外遊朝天仍得送行舟軒車更共入山脚
旌旆且從留渡頭精舍泉聲清淲淲高林雲色淡悠悠

談終道奥愁言去明日瞻思上郡樓

同石守遊

朝事誰知世外遊杉松影裏入吟幽爭名逐利千繩縛度水登山萬事休野鳥不驚如得伴白雲無語似相留傍人莫笑凭欄久爲戀林居作退謀

任所寄鄉關故舊

老子生來骨性寒宦情不改舊儒酸停杯厭飲香醪味舉箸常餐淡菜盤事冗不知筋力倦官清贏得夢魂安

故人欲問吾何況為道舂陵只一般

書類

付二十六叔

姪男惇頤啟孟秋猶熱伏惟二十六叔三十一叔諸叔母諸兄長尊體起居萬福周興來知安樂喜無盡惇頤守官外與新婦幸如常不勞憂念來春歸鄉即遂拜侍來聞伏望順時備加保愛不備

又書與三十一叔

姪男惇頤狀拜上七月六日夜二十六叔三十一叔諸
叔母諸兄長座前諸弟諸姪安樂好將息好將息

與仲章手帖

首夏猶熱計新婦男女安健我此中與叔母季老通老
韓姐善二以下並安近遞中得先公加贈官階贈諫議
大夫家門幸事家門幸事汝備酒果香茶詣墳前告聞
先公諫議大夫也未相見千萬好將息不具
與仲章六月四日書

叔付仲章六月四日諸處書立使周一父子送去叔母韓姐傳與汝新婦姪兒姪女各計安好將息好將息百一百二附兄嫂起居之間善二與新婦安安汝切不得來周三翁夫妻安否周三父子安否周一父子看守墳塋小心否周幼二安否如何也

與傅秀才書

惇實頓首傅君茂才足下昨日飯會上草草致書不識已達否日惟履用休適惇實自春來郡事併多又新守

將至諸要備辦稍有一日空暇則或過客或節辰或不
時聚會每會即作詩雅則雅矣形勞亦瘁故尚未有意
思為足下作策問勿訝勿訝遂州平紋紗輕細者染得
好皂者告買一疋自要作夏衫併買𦆭𥸨綾褌叚二個
碎事煩聒愧悚愧悚急遣人探新守次走筆不謹暄燠
加愛不宣惇實頓首傳君茂才足下

周元公集卷二

欽定四庫全書

周元公集卷三

附録一

諸儒議論

山谷黄氏曰茂叔人品甚高胷中灑落如光風霽月好讀書雅意林壑初不為人窘束短於取名而惠於求志薄於徼福而厚於得民菲於奉身而燕及㷀嫠陋於希世而尚友千古

明道程子曰自再見茂叔後吟風弄月以歸有吾與點也之意又曰茂叔窻前草不除問之云與自家意思一般

北山陳氏曰昔夫子之道其精微在易而所以語門人者皆日用常道未嘗及易也夫子殁門人各以所聞傳道于四方者其流或少差獨曾子子思之傳得其正子思復以其學授孟軻氏斯時也百氏之說昌矣孟軻氏殁又曠千載而泯不傳濂溪周子出始發明孔子易道

之蘊提其要以授哲人既又手為圖筆為書然後孔氏之傳復續凡今之學知有孔氏大易之蘊大學中庸七篇之旨歸者皆自先生發之先生之功在後學深長且遠者以此也

鶴山魏氏曰周子奮自南服超然獨得以上承孔孟氏垂絶之緒河南二程子神交心契相與疏瀹闡明而聖道復著曰誠曰仁曰太極曰性命曰陰陽曰鬼神曰義利綱條彪列分限曉然學者始有所準的於是知身之

貴果可以位天地育萬物果可以為堯舜為周公仲尼而其求端用力又不出乎暗室屋漏之隱躬行日用之近亦非若異端之虛寂百家之支離也

朱晦翁曰濂溪在當時人見其政事精絕則以為宦業過人見其有山林之志則以為襟懷洒落有仙風道氣無有知其學者惟程太中知之宜其生兩程夫子也

延平李氏曰黃山谷謂周子洒落如光風霽月此善形容有道者氣象

邢恕和叔叙述明道先生事云茂叔聞道甚早
王荆公爲江東提點刑獄時已號爲通儒茂叔遇之與
語連日夜荆公退而精思至忘寢食或云荆公少年不
可當世士獨懷刺往見濂溪三往三辭焉荆公艴然曰
吾獨不能自求之六經耶遂不復求見
真西山曰自荀揚以惡與混爲性而不知天命之本然
老莊氏以虚無爲道而不知天理之至實佛氏以剗滅
彝倫爲教而不知天叙之不可易周子生乎絶學之後

乃獨探本源闡發幽秘二程子見而知之朱子又聞而知之述作相承本末具備自是人知性不外乎仁義禮智而惡與混非性也道不離乎日用事物而虛無非道也教必本乎君臣父子夫婦昆弟而刓滅彝倫非教也闡聖學之戶庭祛世人之矇瞶千載相傳之正統其不在茲乎

程明道曰昔受學於茂叔令尋仲尼顏子樂處所樂何事

顥年十六七時好田獵既而自謂已無此好茂叔曰何
言之易也但此心潛隱未發一日萌動如初矣後十二
年暮歸在田野間見獵者不覺有喜心乃是知果未也
勉齋黄氏曰周子以誠爲本以欲爲戒此又周子繼孔
孟不傳之緒者也至二程子則曰涵養須用敬進學則
在致知又曰非明則動無所之非動則明無所用而爲
四箴以著克己之義焉此二程得統於周子者也
朱子曰自周衰孟軻氏没而此道之傳不屬至宋受命

五星聚奎開文明之運而周子出焉不由師傳黙契道體建圖著書根極領要當時見而知之有程氏者遂擴大而推明之而周公孔子之傳煥然復明於時非天所畀孰能與於此

伊川先生作明道先生行狀曰先生自十五六時聞汝南周茂叔論道遂厭科舉之業慨然有求道之志釋宋之道學自汝南周子始

河間劉立之叙述明道先生事曰先生從汝南周惇頤

問學窮性命之理率性會道體道成德出入孔孟從容不勉釋周教人專在性命工理會

李初平見茂叔云某欲讀書如何茂叔云公老矣無及矣待某只說與公初平遂聽說話二年乃覺悟釋說話處即是力行然亦有如此太守亦有如此縣令

又曰周茂叔謂荀子元不識誠伯淳曰既誠矣心焉用養耶荀子不知誠釋貶荀子太過大學中庸亦言誠

邵伯温作易學辨惑記康節先生事曰伊川同朱光庭

公揆訪先君先君留之飲酒因以論道伊川指面前食卓曰此卓安在地上不知天地安在甚處先君爲極論天地萬物之理以及六合之外伊川嘆曰平生惟見周茂叔論至此釋伊川聞諸周子者亦深乎

周元公集卷三

欽定四庫全書

周元公集卷四

附録二

事狀

濂溪先生行實　朱熹

先生姓周氏名惇實字茂叔避厚陵藩邸名改惇頤世居道州營道父輔成大中祥符八年登蔡齊榜進士第嘗為賀州桂嶺令贈諫議大夫母鄭氏封仙居縣太君

先生少孤養外家景祐用舅氏龍圖閣學士鄭公㺯奏
試將作監主簿授洪州分寧縣主簿先生博學力行遇
事剛果有古人風其為政精密嚴恕務盡道理縣有獄
久不決先生至一訊立辨衆口交稱之部使者薦其才
為南安軍司理獄布囚法不當死轉運使王逵欲深治
之逵苛刻吏無敢與相可否者先生獨與之辨不聽則
置手板歸取告身委之而去曰如此尚可仕乎殺人以
媚人吾不為也逵感悟囚得不死且賢先生薦之移郴

州桂陽令皆有治績用薦者改大理寺丞知洪州南昌縣南昌人見先生來喜曰是能辨分寧獄者於是更相告語勿違教命而以污善政為耻也改太子中書舍人簽書合州判官事轉殿中丞一郡之事不經先生手吏不敢決民不肯從趙清獻公為使者小人或讒先生趙公臨之甚威而先生處之超然也轉國子博士通判虔州趙公來為守熟視先生所為執其手曰今日乃知周茂叔也遷尚書虞部員外郎通判永州權發遣邵州事

新學校以教其人熙寧元年用趙公及吕正獻薦為廣南東路轉運判官三年轉虞部郎中提點刑獄先生不憚出入之勞瘴毒之侵雖荒崖絶島人迹所不至處亦必緩視徐按務以洗冤澤物為己任設施措置未及盡其所為而先生病矣因請南康軍以歸趙公再尹成都復起先生朝命及門而先生卒矣熙寧六年六月七日也年五十有七塟江州德化縣清泉社娶陸氏封縉雲縣君再娶蒲氏封德清縣君子壽燾皆太廟齋郎先生

所著書有太極圖易說易通數十篇詩十卷藏于家先生在南安時年甚少不為守所知洛人程公珦攝通守事視其氣貌非常人與語知其為學知道也因與為友且使其子顥頤受學焉及為郎故事當舉代每一遷授輒以薦之程公二子皆唱鳴道學以繼孔孟不傳之統世所謂二程先生者其原葢自先生發之也在郴時其守李公初平知先生論學嘆曰吾欲讀書如何先生曰公老矣無及也惇頤請得與公言之初平遂日聽先生

語益二年而有得王荆公提點江東刑獄時已號為通儒先生遇與語連日夜荆公退而精思至忘寢食先生自少信古好義以名節自砥礪其奉已甚約俸禄盡以周宗族在南昌時得疾暴卒更一日夜始甦或視其家只一敝篋錢不滿百李初平卒子幼不克葬先生護其喪歸葬之分宜而歸妻子饘粥不給曠然不以為意也廬山之麓有溪焉築室其上名之曰濂溪因語其友清逸居士潘延之曰可仕可止古人無所必束髮為學將

有以設施可澤於斯民必不得已止未晚也此濂溪者異時與子相從於其上歌咏先正之道足矣此其出處之本意也豫章黃庭堅稱之曰茂叔人品甚高胸中灑落如光風霽月好讀書雅志林壑不卑小官職思其憂論法常欲與民決訟得情而不喜其為使者進退官吏得罪者自以不冤濂溪之名雖不足以對其美然茂叔短於取名而樂於求志薄於徼福而厚於得民菲於奉身而燕及惸嫠短於希世而尚友千古聞茂叔之風猶

足律貪則此溪之水配茂叔以未久所得多矣識者亦或有取於其言云

濂溪先生墓誌銘　潘興嗣

吾友周茂叔諱惇頤其先營道人曾祖諱從遠祖諱智強皆不仕考諱輔成任賀州桂嶺縣令贈諫議大夫君幼孤依舅氏龍圖閣學士鄭珦以君有遠器愛之如子龍圖公名子皆用惇字因以惇名君景祐中奏補試將作監主簿授洪州分寧縣簿君博學行已過事剛果有

古人風槩口交稱之部使者以君爲有才奏舉南安軍司理參軍轉運使王逵以苛刻蒞下吏無敢可否君與之辨事不爲屈因置手板歸取誥敕納之投劾而去逵爲之改容復薦之移郴令改桂陽令皆有治續用薦者遷大理寺丞知洪州南昌縣其爲治精密嚴恕務盡道理民至今思之改太子中書簽判覃恩改虞部員外郎通判永州今上即位恩改駕部趙公抃入參大政奏君爲廣南東路轉運判官稱其職遷虞部郎中提點本路

刑獄君盡心職事務在矜恕雖瘴癘僻遠無所憚勞竟以此得疾懇請郡符知南康軍未幾分司南京趙公抃復奏起君而君疾已篤熙寧六年六月七日卒于九江郡之私第享年五十七君篤義氣以名節自砥礪郴守李初平最知君君既薦之又賙其所不給及初平卒子尚幼君護其喪以歸塟之士大夫聞君之風識與不識皆指君曰是能塟舉主者君奉養至廉所得俸禄分給宗族其餘以待賓客不知者以為好名君處之裕如也

在南昌時得疾暴卒更一日一夜始甦視其家服御之
物止一敝篋錢不滿百人莫不歎服此予之親見也嘗
過潯陽愛廬山因築室溪上名之曰濂溪書堂每從容
與言可仕則仕古人無所必束髮為學將有以設施可
澤於斯民者必不得已止未晚也此濂溪異時與予相
從於其上歌咏先王之道足矣此君之志也尤善談性
理深於易學作太極圖易說易通數十篇詩十卷藏于
家毋鄭氏封仙居縣太君娶陸氏職方郎中參之女再

娶蒲氏太常丞師道之女子二人曰壽曰熹皆補太廟齋郎以其年十一月二十一日窆之德化縣德化鄉清泉社母夫人墓左從遺命也壽等次列其狀來請銘乃泣而為之銘銘曰人之不然我獨然之義貫於中貴於自期讙讙曰甚風俗之偷乃如伊人吾復何求志固在我壽則有命道之不行斯謂之病

先生墓誌　　蒲宗孟

吾嘗謂茂叔為貧而仕仕而有所為亦大槩畧見于人

人亦頗知之然至其孤風遠操寓懷于塵埃之外常有高棲遐遁之意則世人未必盡知之也於其死吾深悲焉故想像君之平生而寫其所好以寄之銘云廬山之月兮暮而明湓浦之風兮朝而清翁飄飄兮何所琴情寂兮無聲杳乎欲訴而奚問浩乎欲忘而難平山巔水涯兮生既不得以自足死而葬乎其間兮又安知其不為清風白月往來於深林幽谷皎皎而泠泠也形骸兮歸此適所願兮攸安攸寧

先生墓室記　何子舉

先生世家舂陵之濂溪今以故里名行於盜益襲舂陵舊耳自先生講道此邦距今幾二百年流風所漸民醇俗魯其為士也愿而文過化之盛非止家藏書人誦言而已邦人瞻仰有祠學聚有堂墓道有表揭闕而未舉惟春秋之祭俎罍班棒荊衿佩濡露雨耳寶祐癸丑制帥陳公夢斗以南豫學子典郡事二年間恩浹和集以公於己者公於人克臻暇裕於縮廹中將以餘力起廢

墜乃諏急先命理掾鳩工築室墓右踰時告成莘賓僚相祀妥厥像于中冠屨肅穆光霽洋洋生如也峻事命其有以識夫圖書之妙中天日月天下見道即見先生室之築特以寄瓣香勺齊之敬耳尚何言以藻繪斯道抑其反復左丞蒲公宗孟銘先生墓不能不扼腕於仲尼日月也其言曰先生疾革時致書某上方興起數千百年無有難能之事將圖太平天下材智皆圖自盡吾獨不能補助萬分一又不能竊須臾之生以見堯舜禮

樂之盛今死矣命也嗟乎有是言哉先生之學靜虛動直明通公溥以無欲為入聖之門者也窮達常變漠無繫累浮雲行藏晝夜生死其所造詣夫豈執世俗戀榮偷生之見者所可窺其藩言焉不得左丞尚得為知先生者然則先生之道豈固信於來世而獨不知於姻親者哉按左丞黨金陵者也方金陵倡新法毒天下熏心寵榮者無慮皆和附二辭其所不然者惟特士醇儒未可以氣力奪左丞所云興起數千百年無有難能之事

吾獨不能補助者得無影響借重為新法厚自扳援者耶年叔遐征里粟議者難之遂借其說於子產徐逢吉以河內厄為平民類引更生之對實其事自古貿亂是非往往一轍若右丞者設易簀之言堅金陵無復忌憚之心騰自欺之舌誣先生於無從究詰之地其為毀譽求合罔世塞道又罪浮於臧倉者也因辨識末以質於當世君子又一年五月既望後學金華何子舉撰并書

建安翁甫題額

宋史道學本傳　托克托

道學之名古無是也三代盛時天子以是道為政教大臣百官有司以是道為職業黨庠術序師弟子以是道為講習四方百姓日用是道而不知是故盈覆載之間無一民一物不被是道之澤以遂其性於斯時也道學之名何自而立哉文王周公既沒孔子有德無位既不能使是道之用漸被斯世退而與其徒定禮樂明憲章刪詩書修春秋贊易象討論墳典期使五三聖人之道

昭明於無窮故曰夫子賢於堯舜遠矣孔子沒曾子獨得其傳傳之子思以及孟子孟子沒而無傳兩漢而下儒者之論大道察焉而弗精語焉而弗詳異端邪說起而乘之幾至大壞千有餘載至宋中葉周惇頤出於舂陵乃得聖賢不傳之學作太極圖說通書推明陰陽五行之理命於天而性於人者瞭若指掌張載作西銘又極言理一分殊之旨然後道之大原出於天者灼然而無疑焉仁宗明道初年程顥及弟頤實生及長受業周

氏已乃擴大其所聞表章大學中庸二篇與論孟並行於是上自帝王傳心之奥下至初學入德之門融會貫通無復餘蘊迨宋南渡新安朱熹得程氏正傳其學加親切焉大抵以格物致知為先明善誠身為要凡詩書六藝之文與夫孔孟之遺言顛錯於秦火支離於漢儒幽沉於魏晉六朝者至是皆煥然而大明秩然而各得其所此宋儒之學所以度越諸子而上接孟氏者歟其於世代之汚隆氣化之榮悴有所關係也甚大道學盛

於宋宋弗究於用甚至有厲禁焉後之時君世主欲復天德王道之治必來此取法矣邵雍高明英悟程氏實推重之舊史列之隱逸未當今置張載後張栻之學亦出程氏既見朱熹相與博約又大進焉其他程朱門人考其源委各以類從作道學傳

濂溪先生傳　　托克托

周惇頤字茂叔道州營道人先名惇實避英宗舊諱改焉以舅龍圖閣學士鄭珦任爲分寧主簿有獄久不决

惇頤至一訊立辨邑人驚曰老吏不如也部使者薦之調南安軍司理參軍有囚法不當死轉運使王逵欲深治之逵酷悍吏也衆莫敢爭惇頤獨與之辨不聽乃委手板歸將棄官去曰如此尚可仕乎殺人以媚人吾不為也逵悟囚得免移郴之桂陽令政績尤著郡守李初平賢之語之曰吾欲讀書何如惇頤曰公老無及矣請為公言之二年果有得徙知南昌南昌人皆曰是能辨分寧獄者吾屬得所訴矣富家大族黠吏惡少惴惴焉

不獨以得罪於令為憂而又以污穢善政為耻歷合州判官事不經手吏不敢決雖下之民不肯從部使者趙抃惑於譖口臨之甚威惇頤處之超然通判虔州抃守虔熟視其所為乃大悟執其手曰吾幾失君矣今而後乃知周茂叔也熙寧初知郴州用抃及呂公著薦為廣東轉運判官提點刑獄以洗冤澤物為已任行部不憚勞苦雖瘴癘險遠亦緩視徐按以疾求知南康軍因家廬山蓮花峯下前有溪合於湓江取營道所居濂溪以

名之抃再鎮蜀將奏用之未及而卒年五十七黄庭堅稱其人品甚高胷懷洒落如光風霽月廉於取名而鋭於來志薄於徼福而厚於得民菲於奉身而燕及煢嫠陋於希世而尚友千古博學力行著太極圖明天理之根源究萬物之終始其說曰無極而太極太極動而生陽動極而靜靜而生陰靜極復動一動一靜互為其根分陰分陽兩儀立焉陽變陰合而生水火木金土五氣順布四時行焉五行一陰陽也陰陽一太極也太極本

無極也五行之生也各一其性無極之真二五之精妙合而凝乾道成男坤道成女二氣交感化生萬物萬物生生而變化無窮焉惟人也得其秀而最靈形既生矣神發知矣五性感動而善惡分萬事出矣聖人定之以中正仁義而主靜立人極焉故聖人與天地合其德日月合其明四時合其序鬼神合其吉凶君子修之吉小人悖之凶故曰立天之道曰陰與陽立地之道曰柔與剛立人之道曰仁與義又曰原始反終故知死生之說

大哉易也斯其至矣又著通書四十篇發明太極之蘊序者謂其言約而道大文質而義精得孔孟之本源大有功於學者也掾南安時程珦通判軍事視其貌非常人與語知其為學知道因與為友使二子顥頤往受業焉惇頤每令尋孔顏樂處所樂何事二程之學源流乎此矣故顥之言曰自再見周茂叔後唫風弄月以歸有吾與點也之意侯師聖學於程頤未悟訪惇頤惇頤曰吾老矣說不可不詳留對榻夜談越三日乃還頤驚異

之曰非從周茂叔來耶其善開發人類此嘉定十三年
賜謚曰元公淳祐元年封汝南伯從祀孔子廟庭子壽
煮官至寶文閣待制

周元公集卷四

欽定四庫全書

周元公集卷五

附録三

歴代褒崇

宋嘉定謚濂溪先生議

嘉定十三年六月二十二日賜謚曰元監司博士謹按謚法主善行德曰元先生博學力行會道有元脉絡貫通上接乎洙泗條理精密下逮乎河洛以元易

名庶幾百世之下知孟氏之後明聖道必自濂溪始

宋追封汝南伯從祀廟庭詔 淳祐元年

朕惟孔子之道自孟軻後不得其傳至我朝周惇頤真見實踐深探聖域千載絶學始有指歸中興以來又得朱熹精思明辯表裏混融使大學中庸語孟之書本末洞徹孔子之道益以大明于世朕每觀儒臣論著啟沃良多今視學有日詔令學宮列諸從祀以示崇奬之意

元加封爲道國公詔延祐六年

蓋聞孟軻既没道失其傳孔子言湮人自爲説諒斯文其未喪有真儒之間生濂溪周惇頤禀元氣之至精紹絶學於獨得圖太極而妙榦萬化著通書而同歸一誠俾聖學燦然復明其休功尚垂不泯朕守繼體貴德尊賢追念前脩載稽彝典已從廟庭之祀盍疏邦國之封於戲霽月光風想清規之如在玄衮赤芾翼寵命之斯承

國朝褒崇聖賢優𩛿子孫

正統元年七月十七日順天府推官徐郁具題伏覩

聖朝崇尚聖賢之道推恩及其子孫孔氏宗子承襲

封爵其餘子孫皆免差役顏孟之後專設教授以司

訓誨俾習仁義道德無墜先業此希世之盛典也及

照道國公周惇頤上繼往聖下開來學有功聖門後

世是賴雖已從祀廟學子孫亦皆淪雜編民祠墓不

免吏圮伏惟皇上大興文治將於變斯民如蒙准言

乞勅該部將聖賢子孫體訪上聞照例優免但一應
正辦雜泛差徭并鹽鈔戶口等役盡行蠲免止納糧
一事其糧就納本處官倉免致勞擾有妨學業仍于
本處訪常稔田置買頃畆給與子孫耕贍以永奉祀
其戶內子孫令于所在儒學習業擇其才質可用者
量加甄録應有祠墓官為脩葺仍于附近民戶內僉
點佃戶十戶掃夫拾戶門庫陸戶常川佃掃孔氏子
孫出于曲阜流寓衢州周濂溪生於舂陵葬於九江

朱晦菴貫於婺源產於建陽然雖各處皆有秩載享祀崇奉俱在異省程途遠隔恐歲久子孫畏其遠阻必致怠忽而于報本追遠之誠愈久而愈亡相視如途人焉且有能罄其展脩之誠無由得往禮宜定為年例祭謁若子孫或五年一祭十年一謁凡經過府州縣及巡司驛遞等衙門依禮用心供費水陸應付船馬人夫庶使人知君子之澤悠久不替感發興起有補世教則比屋可封之美亦可馴致矣具奏於奉

天門奏奉聖旨說的是六部都察院計議停當來說

欽此欽遵行在吏部等部并都察院少保工部尚書

吳等計議合准所言宜從行在户部禮部施行具題

八月十五日各官奏奉聖旨欽此欽遵已行移咨到

部合行湖廣布政司轉行永州府着落道州將道國

周元公祠墓如有損壞就便官爲葺理完備仍于附

近三丁以下民户照例僉點常川看守以奉香火及

備灑掃應有子孫照例優免差役内有聰明俊秀可

教養者不拘名數送赴所在儒學讀書時加用心訓誨務獲成效以繼先業子孫有資質端莊學識可取者有司從實甄録就撥廩養贍具奏取自上裁毋得怠惰視為泛常及循私不公不加禮優待有負朝廷崇重先賢之恩則罪有所歸也

國朝録周元公子孫

禮部為特恩事景泰六年十一月内該司禮監太監王誠傳奉聖旨周濂溪他有功于世教着禮部取他

嫡長子孫一人來京傳奉到部欽此欽遵禮部補本
覆奏外合行湖廣布政司轉行永州府著落道州官
吏里老人等勘審的實周濂溪嫡長子孫一人作急
以禮起送就彼馳驛赴京毋得稽遲及將同姓疎遠
之人冒送獲罪不便今據湖廣永州府道州起送周
濂溪嫡長子孫周冕到部縁係欽取人數未敢擅便
景泰七年五月二十二日本部官具題奉聖旨照例
着做世襲五經博士欽此欽遵外移咨吏部查得翰

林院設有五經博士欲將周冕塡註翰林院世襲五經博士仍回原籍湖廣永州府道州以奉祭祀未敢擅便本部官具題奉聖旨是欽此欽遵合劄本官回還湖廣永州府道州奉祀施行歷代褒崇優恤録用詳載道州志

附宋御賜道州書院額

景定四年二月日御賜道州濂溪書院額先是道州守臣楊允恭援九江書院額請于朝上御書道州濂溪書院六大字錫以璽書馳賜之允恭上表謝伏以星奎啟

運洪儒傑出於瀟源雲漢為章緑字煥新於黌宇鸞迴鳳翥魚躍鳶飛臣恭惟我宋之右文乃有臣頤之倡道接孔孟之丕緒闡圖書之正宗睠是舂陵實其鄉國田園數畝元豐之書契尚存林壑一邱治平之題墨猶在况道郡得名之非偶而濂溪為保以至今臣曩職采芹茲叨分竹念書塾之興凡歷幾載荷御扁之賜獨一九江顧惟父母之邦未沐帝王之寵闕然鉅典鬱若輿情不量遠地之微臣妄覬上天之妙

筆奏函朝上宸翰夕頒昭回六字之晶芒皷舞一方之衿佩玆蓋伏遇皇帝陛下緝熙聖學表章儒先襲前朝之美諡曰元昔舉易名之典屈天子之尊臨于學肇開通祀之儀煥乎麗藻之文賁此維桑之里臣祇承羲畫如對龍顔結霧霏煙永作九疑之輝映光風霽月喜同多士之詠歸臣無任瞻天望聖激切屏營之至謹奉表稱謝以聞臣允恭惶懼頓首謹言

周元公集卷五

周元公集卷六

附録四

祠堂墓田諸記

濂溪先生祠堂記　　胡銓

舂陵太守直閣向公抵書某曰紹興之初予嘗涖茲土壬子春坐諸司詿鑠罷寓豐城僧舍是秋文定胡公自給事中免歸亦館焉得朝夕請益一日謂予濂溪先生

舂陵人也有遺事乎對以未聞後讀河南語録見程氏
淵源自濂溪出乃知先生學極高明因傳通書誠説味
于其所不知玆幸復假守視事三日謁先聖畢語儒官
生徒先生天下後世標望誠説具在後學獨不知尊仰
是大漏典請建祠講堂後三元閣上皆應曰諾夏四月
辛卯繪事僝工闔郡鄉化翕然予其記之某謂自頃興
法搶攘刺郡者悉為吏牘埋没至有難如素王之嘆奚
暇教化公下車首尊賢崇雅且懇以誠為言此盛德事

某敢以固為辭況伯氏辱知為舊其又奚辭竊聞韓子曰誠者不欺之名程子曰誠者理之實不誠無物言無實也其說始於易成於禮考之曲禮鬼神以誠考之檀弓慎終以誠考之特牲婚禮以誠考之月令工師以誠考之學記教學以誠考之樂記禮經以誠考之祭統祀享以誠考之中庸事親以誠考之大學治天下國家以誠八者一不誠焉皆欺矣大哉誠乎誠非難也至誠之誠難也夫婦之愚反身可以為誠及其至也雖堯舜之

誠荀卿猶以為偽堯舜豈偽也哉故曰至誠之誠難也禮至誠有五能盡性也能化也前知如神也無息也知天地之化育也是皆實理之極不欺於人故能盡性不欺於物故能化物不欺於神故能如神不欺於己故能無息不欺於天地故能知天地之化育通書之作蓋期學者至于是焉耳其云性者剛柔善惡中而已盡性也云動則變變則化者能化也云寂然不動者誠也感而遂通者神也如神也云君子乾乾於誠者無息也云乾

坤交感化生萬物者知天地之化育也知此五者則知禮之所謂誠矣知禮之所謂誠則知易之所謂誠矣易禮通書其致一也或曰通書叙乾損益動云不息於誠叙家人睽復無妄云無妄則誠是卦皆誠也而漢書又以為易唯乾言誠誠者天之道也然則通書非乎曰否子獨不見夫一六之說乎天以一生水地以六成之一六合而水可見誠則明明則誠誠明合而道可見古之人蓋以誠配一也言誠而止于天猶知一而不知六也

按誠說乾元誠之源元亨誠之通利貞誠之復夫乾四德爲誠坤屯臨隨無妄革亦四德也不得爲誠乎元亨誠之通大有蠱升鼎非誠之通乎利貞誠之復蒙同人大畜離咸恒遯大壯明夷家人蹇萃漸兌渙中孚小過既濟非誠之復乎推此則易非止乾爲誠也明矣獨乾言誠者端本之道耳故曰乾元誠之源其旨微哉公往歲司風憲湖湘戢吏字民民至今思之以不屈權勢落三十年而所養益剛大今復觀象濂溪務實去僞豈徒

角空言而已必其由先生之書以明易以合乎曲禮之誠以嚴屏攝合乎擅弓之誠使民送死無憾合乎特牲之誠使民婚姻以禮合乎月令之誠使民器不苦窳合乎學記之誠使民風移俗易合乎禮樂之誠使民禮經無僞合乎祭統之誠使民祭思敬合乎中庸之誠使民養思孝合乎大學之誠使吾政術無頗欺無所不用其誠矣由是而充焉吾知公後日登壇贊元致君堯舜上則盡性也能化也前知如神也無息則久也知天地之

化育也宜皆脗合通書之旨視濂溪其無愧焉濂溪諱
敦頤姓周氏紹興二十九年五月日記

濂溪先生祠堂記 淳熙丙申　朱熹

道之在天下者未嘗亡惟其托於人者或絶或續故其
行于世者有明有晦是皆天命之所爲非人智力之所
能及也夫天高地下而二氣五行紛紜雜揉升降往來
于其間其造化發育品物散殊莫不各有同然之理而
最大者則仁義禮智之性君臣父子昆弟夫婦朋友之

倫是已是其周流充塞無所虧間夫豈以古今治亂爲存亡者哉然氣之運也則有淳漓判合之不齊人之禀也則有清濁昏明之或異是以道之所托于人而行于世者惟天所畀乃得與焉決非巧智果敢之私所能億度而强探也河圖出而八卦畫洛書呈而九疇叙孔子於斯文之興喪亦未嘗不推之於天聖人於此其不我欺也審矣若濂溪先生者其天之所畀而得乎斯道之傳者歟不然何以絶之久而續之易晦之甚而明之亟

也蓋自周衰孟軻氏没而此道之傳不屬更秦及漢歷晉隋唐以至于我有宋聖祖受命五星聚奎實開文明之運然後氣之漓者淳判者合清明之禀得以全付於人而先生出焉不繇師傳黙契道體建圖著書根極領要當時見而知之有程氏者遂擴大而推明之使夫天理之微人倫之著事物之衆鬼神之幽莫不洞然畢貫於一而周公孔子孟氏之傳煥然復明於當世有志之士得以探討服行而不失其正如出于三代之前者嗚

呼盛哉非天所畀其孰能與於此先生姓周氏諱惇頤字茂叔世家舂陵而老廬山之下因取故里之號以名其川曰濂溪而築室於其上今其遺墟在九江郡治之南十里而其荒蕪不治則有年矣淳熙丙申今太守潘侯慈明與其通守呂侯勝己始復作堂其處揭以舊名以奉先生之祀而呂侯又以書來屬熹記之熹愚不肖不足以及此獨幸嘗竊有聞于程氏之學者因得伏讀先生之書而親見其為人比年以來屏居無事嘗欲一泛

九江入廬阜濯纓此水之上以致高山景行之思而病不得往誠不自意乃今幸甚獲因文字以記姓名于其間也于是竊原先生之道所以得于天而傳諸人者以傳其事如此使後之君子有以觀考而作興焉是則庶幾乎兩侯之志云爾

永州府學先生祠記

張栻

零陵守福唐陳公輝下車之明年令信民悅迺思有以發揚前賢遺範貽詔多士他日偕通判州事曾公迪詣

郡學廟謂諸生曰永雖小郡而前輩鉅公名德往往辱
居之如本朝范忠宣公范内翰公鄒侍郎公皆既建祠
于學宫矣惟濂溪周先生嘉祐中嘗倅此州而獨未有
以表出之豈所以爲重道崇德示教之意乎于是教授
劉安世率諸生造府請就郡學殿宇之東廂門先生祠
前通判武岡方公疇以書走九江求先生像于先生諸
孫得之陳公命零陵宰高祈董其事而成之繪像儼然
欄楯周密既成屬栻爲記栻以晚生屬辭不獲敬誦所

聞以廣其意先生諱惇頤字茂叔舂陵人歷官凡九遷
至通判永州用呂正獻公薦擢為南東路轉運使判官
改提點刑獄所臨力行其志晚以病丐分司築居廬山
下有溪流其傍名之曰濂故號濂溪先生栻嘗聞程公
太中倅南安先生為獄掾太中公視其氣貌非常人與
語果知道者因與為友故明道自十五六時聞先生論
述遂厭科舉之業慨然有求道之志伊川年十二三亦
受學焉惟二程先生倡明道學論仁義忠信之實著天

理時中之妙述帝王治化之源以續孟氏千載不傳之道其所以自得者雖然師友可傳而論其發端實自先生豈不懿乎先生著通書及拙賦皆行于世而又嘗俾學者求孔顏所樂何事噫以此示人亦可謂深切矣後之登斯祠者覩先生之儀容讀先生之書賦求先生之心真積力久希聖希賢必有得顏子之所樂者矣

道州建先生祠記 淳熙五年 張栻

宋有天下明聖相繼承平日久元氣胥會至昭陵之世

盛矣宗工鉅儒磊落相望于是時濂溪先生實出于舂陵焉先生姓周字茂叔晚築廬山之下以濂名其溪故世稱為濂溪先生舂陵之人言曰濂溪吾鄉之里名也先生世家其間及寓於他邦而不忘其所自生故亦以是名溪而世或未之知耳惟先生仕不大顯于時其澤不得究施然世之學者攷論師友淵源以孔孟之遺意復明于千載之下實自先生發其端由是推之則先生之澤其何有窮哉蓋自孔孟沒而其微言僅存于簡編

更秦火之餘漢世儒者號為窮經學古不過求于訓詁章句之間其于文義不能無時有所益然大本之不究聖賢之心鬱而不章而又有類從事于文辭者其去古益以遠經生文士自岐為二途及夫措之當世施于事為則又出於功利之末智力之所營若無所與于書者于是有異端者乘間而入橫流于中國儒而言道德性命者不入于老則入于釋間有希世傑出之賢攘臂排之而其為説復未足以盡古儒之指歸故不足以抑其

瀾而或反以激其勢嗟乎言學而莫適其序言治而不本于學言道德性命而流入于虛誕吾儒之學其果如是乎哉陵夷至此亦云極矣及吾先生起于遠方乃超然有所自得于其心本乎易之太極中庸之誠以極乎天地萬物之變化其教人使之志伊尹之志學顔子之學推之于治先王之禮樂刑政可舉而行如指諸掌于是河南二程先生兄弟從而得其説推明究極之廣大精微殆無餘藴學者始知夫孔孟之所以教蓋在此而

不在乎他學可以至于聖治不可以不本于學而道德性命初不外乎日用之實其于致知力行具有條理而詖邪淫遁之說皆無以自隱可謂盛矣然則先生發端之功顧不大哉舂陵之學舊有先生祠實紹興某年向侯子忞所建至于今淳熙五年趙侯汝誼以其地之狹也下車之始即議更度之爲堂四楹併二程先生之像列于其中規模周密稱其尊事之實既成使來謁記栻謂先生之祠凡學皆當有之豈惟舂陵特在舂陵尤所

當先者趙侯之舉知急務矣故為之論述如此以告後之人四月戊寅承紫郎直寶文閣權發遣静江府兼管内營田事賜紫金魚袋張栻謹記

道州故居先生祠記 淳熈七年 章頴

一元之氣運乎機緘不露之間而自生自色發達萌動有聲者鳴有根者英雖未著形色莫不各具條理及其匪刻雕而衆巧畢陳推其由來不待深智此二程先生之學所以擴充而益自光大者也程氏之門咸謂程先

生兄弟自十五六歲時已有意聖學夫以地之相去南北之遠至其契合心手相授此殆有以推移左右于其中不然則夫自漢唐以來數千百年天之所以用力者猶有幾乎二程先生以所得者曉天下孔孟之教絶而復續沐其涯涘升其堂奥夫豈無有醇疵然淑諸人者深貽之後也遠要亦可謂盛矣由是言之太極一圖不爲秘通書四十一章不爲約仲尼顔子樂處一語不爲不富也先生故居在營道韻嘗至濂溪之濱見其耕鎑

者無慢容講學者有高趣周氏之松楸弗翦焉自郡未
新祠宇時士人胡元昂已近其遺址創舍設象懼其弗
社以久也則又謀諸校官與鄉之善士象郡文學何士
先連山户曹義太初孟坦中歐陽顧之思益大之言不
約而同費弗強而具七月朔始工再浹日而成太守趙
公善言聞而嘉之為揭其祠夫舂陵之人其于先生朝
夕注乎心目之間雖弗祠猶敬也況今奠拜之所弗隘
而脩容有其地故事郡官以春秋祠既列州序俾弟子

員往展謁其先塋因復祠益俾後此者知所景仰以修乎其身而風乎其邦則先生之所以望于後學者已得而學者之于先生豈但斯須之誠而已哉堂暨門為屋二十四楹助費者姓名列之石之左

道州寧遠縣先生祠記 嘉定九年 魏了翁

嘉定九年了翁奉使東州為濂溪周先生河南二程先生請所以易其名者詔下如章十有五年了翁召還道九江謁先生故宅以元公之命書告後二年道州寧遠

縣令黃大明以書來曰吾聞古之鄉先生殁而祭于社寧遠雖蕞爾邑而先生之流風未墜不可以無祠也子也學先生之道而尊其名麗牲有日將以識里人奉嘗之思子為記之了翁嘗聞人道要有三曰父曰君曰師無父無生無君無以生無師猶無生也唐虞三代盛時民生于風氣之未漓又得堯舜禹湯文武周公為之君師令其法度紀綱猶可槩見大抵合以井牧聯以比閭教以庠序導以師長維以諫救攷以德藝無一壤一民

不相聯屬焉正歲孟月之吉黨里社營之會無一事一時不相警策焉夫然後教行俗成而君師之分盡迨厲宣幽平已不能如成周之舊仁壽鄙夭民自為之為君師者不及知也矧自是以降乎曾子曰上失其道民散久矣當斯時而民之散已二三百年則雖以孔孟之道而無位亦不能聯屬而維持之然猶不忍吾之同體悵悵然如窮人之無所歸也乃屬其徒類面教之近以淑其國人子弟遠以垂諸天下後世民之久散者固已不

能遽返而為士者猶有所屬則斯文不墜以俟後聖猶將有望焉而天未欲平治也雖以孔門弟子一再傳而失之況秦漢而後學殘文闕師異指殊泮渙滋甚董仲舒嘗請諸不在六藝之科孔子之術者皆絕其道旅幾統紀可一民知所從而時君不足以行其說迨其後也才知之士各挾其所溺以行于世不務記覽則淪虛無不為權利則銜詞采至是而不特民散士亦散矣不有先生發太極本然之體明二五所乘之機而示人以日

用常行至近至切之理則異端小道將誣民惑世於無
所終極又非二程子張子推而大之扶持綿延以開中
興諸儒則先生之絕學又將孑然孤立矣猗歟盛哉然
而至近世朱文公張宣公呂成公諸儒人士又合挾其
所以溺於人者溺人而士之散滋甚記問學之末也今
又非聖賢之書而虞初稗官矣虛無道之害也今又非
佛老之初而梵唄土木矣權利誼之蠹也今又非管晏
之遺而錐刀毫末矣辭章技之小也又非騷選之文而

淫哇淺俚矣此宜憂世之士所以悼道之湮鬱而慨然有感於儒先之教象而祠之尸而祝之也然而民既散矣有士以屬之士既散矣終不可復屬邪有書以屬之天命流行亘千古如一日先生能見孔孟之心於千五百年之久先生之書爛如日星家藏而人誦之豈無見先生之心而興起者耶先生初見二程使之求孔顏之所樂他日筆之於書曰志伊尹之所志學顏子之所學嗚呼得孔顏之所樂則必不以務記覽工詞章慕虛寂

爲能也得伊尹之所以志則錐刀毫末之得失不足以
爲欣戚也吾黨之志盍相與懋明此理尚庶幾士有所
屬而不至失望焉資政殿大學士前簽書樞密院事魏
了翁撰

重建先生祠記　龔維蕃

營道之西距城十八里有水曰濂溪發源於大江源滙
爲龍湫東流二十里至樓田其鄉曰營樂其保曰濂溪
廣横數百畝溪行其中雖大旱不竭周氏家其上即濂

溪先生之故居也考其譜牒居青州遠祖諱崇昌唐永
泰中為廉白二州太守因卜居道之寧遠縣大陽村其
裔孫諱虞賓有子十二人中子諱從遠始徙於此再傳
至諫議諱輔成登祥符八年進士第終賀州桂嶺令沒
葬于故居之側半里許累贈諫議大夫諫議生二子長
曰礪次則先生先生少孤舅氏龍圖鄭公珦篤愛之始
冠奏以初秩既長從宦四方嘉祐八年先生自虔移倅
永有書與其族叔及諸兄云周興來知安樂喜無盡來

春歸鄉即遂拜侍尋移文營道縣云有田若干舊以私具為先塋守者資族子勿預營道給憑文付周與其後先生歸展墓題名於含輝洞云周惇頤區有鄰陳賡蔣璀歐陽麗治平四年二月十六日同遊道州含輝洞刻石於洞口是歲神宗登極覃恩遷駕部員外郎加贈父諫議大夫以手劄付兄子仲章令備酒菓香茶詣墳前告聞先生晚歲寓九江愛廬阜之勝築室于溪上命名曰濂溪示不忘本之意其留故居者付仲章及其從弟

意先生既沒仲章貧甚元豐三年及七年再拆其産鬻於意之子伯順而故宅基尚存伯順無後其女以其地適何伯瑜生儕儕登第為邕州教官而卒至淳熙己亥周與何欲拆其産聞于郡守趙汝誼閲營道所承永州公牘乃治平印文按驗皆合用先生治命以田俾守塋者藏其籍于學宮其故宅基尚屬何氏何氏之孫揖于淳熙十一年以其地歸于意之曾孫興嗣書于劵云興嗣係諫議宗族稟性純慈有志力教子以紹祖風其宅

地與本人住宅相接今願盡將所承外祖周伯順元承祖諫議住宅祖地從東至西長五丈就賣與興嗣將來起造祠堂承外氏一派先魂庶幾亡者於里塾有所依托不絶春秋之奉前此未有先生祠紹興己卯五月太守向子忞始奉祀於州學之稽古閣編修胡公銓記之淳熙己未郡博士鄒尃遷於敎授堂壬戌太守趙汝誼以其偪仄更剏堂四楹并二程先生像南軒張公為記庚子郡士胡元昮與其鄉人何士先義太初孟坦中歐

陽碩之祠舍設像教授章頴為記故居有祠昉乎此距遺址十餘丈中隔小溪畀陋湫隘歲久不復遷至嘉定癸酉郡守方信儒訪求濂溪之裔得興嗣之子鑰以為學賓丁丑之秋維藩被命入境延見郡士扣濂溪所向皆言今祠非故基其後訪於鑰盡閲累世契劵親至其地質於鄉隣族黨始得其實溪流清泚地勢平衍岡壠邱阜拱揖環合其左曰龍山右曰豸嶺山川之秀實鍾於是乃鳩工度材一新棟宇命營道尉蔡則董其役經

始於是歲十二月落成於明年之三月中為祠宇設先
生像其前為堂四楹不侈不陋二齋旁翼兩廡對峙外
為臺門高與堂稱左右二塾虛明敞潔以延學子又其
外為都門繚以垣墻庖爨湢浴罔不畢具環以松竹門
外築道屬於山之趾於是規制始備而邦人嚴事之意
益虔自先生以故居溪名冠九江之寓宇黄太史賦詩
謂其用平生所安樂媲水而成名東坡繼有作來者承
其誤莫究所從至南軒張公晦菴朱公嘗略辯證尚書

章公來典教質以大富橋記以為此邦自有濂溪亦弗深考令得其譜諜契劵始究源委當何氏以地歸典嗣預有建祠之語迄今乃有成則廢興顯晦殆若有數而非偶然者先生之學實嗣洙泗之統傳之伊洛浸以大顯載在方冊人知誦習凡轍跡所至今皆有祠而父母之邦先塋所在乃因陋就簡於烝嘗不稱是烏可以已故因其落成述其顛末用登載於樂石文皆從舊不敢增損以沒其實庶以傳信俾覽者得詳焉

濂溪故居祠堂記 元至正八年　歐陽玄

舂陵郡之西距城可十里有鄉曰營樂里曰濂溪周子故居在焉左有山曰龍山其形蜿蜒如龍右有嶺曰豸嶺岩石峆岈其狀若豸中為平田有水逶迤田間澄澈見底即濂水也其居舊制有堂三間門廡稱是堂塑周子之父諫議大夫像居其中周子像居其右側司封郎中壽徽猷閣待制燾之像以次侍坐周子之二子也在宋之代春秋二仲以次丁日守令詣祭聖元崇右濂洛

之學追封周子為道國公祀事視昔加豐而故居湫隘
歲久浸弊祭畢飲福守令以下雜列門廡延祐七年邑
人熊偉調營道主簿嘗預祭列進里儒唐道舉而勉之
曰周子故居淪沒弗稱祠祀弗嚴君生其里可坐視乎
令以繕脩之責相屬君其勿辭道舉對曰故居乃數歲
有司輒一脩之因陋就簡飾故為新補罅為完而已吾
欲畀於是可乎主簿嘉其好義即白之郡侯以公檄奬
勵之道舉聚財庀工伐石陶瓦除其旁地斥大舊基崇

臺三間立爲專祠以祀周子列先賢碑刻於其側後爲重屋上下皆施雙梁如廳事上設諫議像正坐旁設司封徽猷像坐東西相向下爲奠祭官止息之所未及落成而道舉即世後三年應詔復作東西序凡十間以畢先志未幾屬邑有警兵事方般作輟者十餘年至正六年府判吴濬實來訪應詔竟成之應詔感激於是繚以周垣祴以堅甓丹堊彰施新扁昭揭規制完美百倍於前爲屋大小内外以楹計者百四十有奇然後每歲祀

事籩豆有序班次有位陟降有儀徹俎而讌旅酬有所
僕從列為咸有芘賴乃介士子浚儀趙君嗣隆奉事狀
來請玄記之惟昔商容商之賢人也周武王伐商有天
下過其閭而式之史書於冊召伯布政南國聽民訟甘
棠之下南國之人為詩以相戒曰蔽芾甘棠召伯所茇
勿翦勿伐夫商容一代之賢其所居為時君之所敬禮
召伯一日之居其所止為邦人之所愛護猶且如是子
周子上接孔孟之緒下開程朱之學有功斯道昭被萬

世其故居脩營是固王政之所當先侯度之所當舉然贊府熊君謀於其始通守吴侯濟於厥終唐氏父子實克繼紹是究是圖垂三十年乃底成績其可無記載乎大德丁未戊申間玄從先君子冀國公典教是邦歲祠屢造故居蓋嘗目擊而能言者乃記以授嗣隆俾歸勒之石以勸方來云至正八年歲在戊子九月己酉記

道州濂溪田記 淳熙六年　章頴

郡既爲周先生建祠堂南軒張實文記之太守直閣趙

公他日曰濂溪有先塋在獨無樵燕牧之扞予未幾有民周與何田訟者二十年矣與甲則乙訴與乙則甲訴謂不得直公令有司以案牘來累日吏抱持文書幾不勝至則公一攬睇撫几曰得之矣蓋舊犢乃有濂溪倅永州時公牒云有田若干舊以私貝得為先塋守者資族子當勿預茍墻垣固松楸勿翦守者世獲弗易也共後守者泯周與物故壻又代從他處田周與何更有之周則先生之族何乃先生所自出甥得有舅家田自有法

以永州公檄從事則周氏子固不得有況塲可乎辯疏
文書則有營道所給憑文付周輿者用治平新銅符按
舊左驗皆合即取田之非永州文所云者以與何餘即
從其初顧因休暇攷漫齋公其謂若前示所判數百言
皆出前後數公意表即檄營道丞周必端往濂溪以田
界近營者田籍與營道舊文同藏學宮歲以租倉升斗
代輸省賦守塋者李得田耕終年不聞吏呼守疏宜廑
且令先生江州後裔亦聞之先生學造太極先其為先

冡計宜遠歷百餘年始遇一賢太守遇亦難矣哉淳熈六年七月望日南郡章顔記

濂溪小學記　趙𣏌夫

出道州城西二十里曰濂溪保元公故居在焉未至十里許兩峰揷地門立甚偉扶輿兩峰間平陸疎林雲巘如畫一水横陳乃濂溪也溪南爲先諫議墓左龍山右豸嶺祭田在其下元公遺劵猶存故居有元公祠今奉諫議以元公侑環谿數百家皆周氏子孫率學農圃郡

守楊侯嘆曰此非鄭公鄉乎山川如此何其子孫以鄭
公莊也廼命立小學俾知營道縣錢君寅翁經理之祠
右有功德院蓋周氏所為奉浮屠者於元公家不類宜
改院為小學聚周之子孫教焉議已克合乃易像設而
俎豆之去其異言異教而詩書之為齋二爐亭一水竹
扶疎几席靜潔足以助發性靈洗凡滌陋擇端慤士為
之師亡幾何已有蘋然悟者侯又益喜輟公田若干畝
別儲以廩之予使粤之明年辟錢君為屬侯寓書曰吾

州濂溪書院既成上灑奎畫以賜參預虞公辱載筆焉敢以小學記為請幸子勿辭謝不獲竊惟舂陵以道名州而元公於是乎生天所命也今義理之學皆識宗祖而詩禮之教不逮子孫非長民者之責乎古者上自國都下至閭巷莫不有學凡公卿大夫之子與民之俊秀者皆入學所以發其良知良能而復性焉耳故八歲入小學教以灑掃應對進退之節禮樂射御書數之文十五入大學教以窮理正心脩己治人之道肆成人有德

小子有造以此具也記曰時過然後學則勤苦而難成
今之時則過矣然性非自外來也泉養於蒙木進於漸
循循焉毋欲速也勉勉焉毋自畫也待其時至氣化心
開目明然後精以四書博以六籍易通之誠神幾太極
圖之陰陽動靜皆可拾級而進俗學稊稗也夷學螽螣
也惟毋以是先錮其心教可入矣此侯所致意於周之
子孫者而子孫之所當自勉也昔余景瞻守劒黄子耕
守台皆能扶植先儒之裔然龜山故廬已不能保工蔡

之孫至為人所陵夷抑又微矣元公先疇幸無恙縣士而農去本末遠賢守令又從而振德之鋤荒墾良苕穎秀茁安知正考父之後無達人乎政惠有限教思無窮侯暨二公功相近而德則遠矣是宜書侯名允恭長沙人嘗為國子博士治狀有聞擢持廣東憲節蓋元公補處云

濂溪大富橋記　趙櫛夫

道州營道縣西出郭二十里有村曰濂溪樓田保元公

故居實在馬未至故居二百餘步有水縈紆隱隱如青羅帶者濂溪也溪之上有小石梁橫跨乎青羅帶者大富橋也舊傳元公年十三時釣遊之所其然豈其然耶余牧舂陵春秋行釋菜禮每詣故居兒童登斯橋者毋以釣遊藉口盍有得於言外之意云咸淳丙寅七月

濂溪周氏世業田記

周子恭

濂溪先生祠有祭而無田其嗣孫襲翰林五經博士有爵而無禄永州府知府唐公珽同知魯公承恩暨通判

子蔡爲之謀得僧寺廢田百四十有八畆請於提學副使應公檟沒入濂溪祠供祭祀且爲博士常禄之需名曰世業田而屬記於予予惟濂溪之學以造化爲宗以無欲爲要在南昌時得暴疾幾殆視其家止一敝篋錢不滿百嘗以遷擢入京師不可爲資則鬻其産以行過潯陽愛廬山之勝築居於溪之上名之曰濂溪遂以歸骨焉是豈惟能忘物尚忘其身豈惟忘其身尚忘其家學而至於忘其身與家又何有於身後之祭不祭與其

子孫之禄不禄哉而區區為之謀若此者特以崇德象賢之義報德報功之私無所於寄則藉是以見志可耳乃若效法先生之學以求内有諸己則固自有其處不在乎此也

江州學濂溪祠記 乾道二年 林栗

始予讀河南程氏兄弟語録聞茂叔先生道學之懿其後閱蘇端明黄太史所作濂溪詩而想見其為人及來九江前武學博士朱熹元晦自建寧之崇安以書至曰

濂溪先生二程之師也身沒而道顯歲久而名尊今營道零陵南安邵陽皆已俎豆泮宮江獨未舉顧非典歟予聞之矍然適會先生之曾孫直卿來訪敬請其家與其遺文併通書拙賦而讀之曰此之謂立言者也可無傳乎亟鏨諸板而繪事於學宮使此邦之人知所矜式既成將揭其號乃按其文字考其所謂濂者其音切義訓與廉節之廉異矣廉之訓曰清也儉也有儉斂之義又如堂之有廉箭之有廉截然介辨之義也濂廉同其

音似廉而不類又有里黎翻者含鑒翻者其訓曰薄也又曰大水中絶小水出也予畀焉曰是安取此問其人曰先生之子求詩魯直避其從父之諱改焉嗚呼有是哉儒者之學本於文字義訓而謹於正名毫釐之差千里之謬不可忽也東坡云先生本全德廉退乃一隅因拋彭澤米偶似西山夫遂即世所知以爲溪之呼應同柳州柳聊使愚溪愚則固己不足於廉矣又將轉而爲濂則由儉以趨薄由清以絶物殆爲陳仲子之操乎地

以人重人以名高因諱避之訛以成聲畫之舛遂使先生之德與是溪之名俱蒙薄絶之累將非後死者咎歟予是以正之夫山川風氣民之所稟而生也故家遺俗民之所薰而習也先生之道傳于二程其所成就彰矣而廬山之下濂溪之上未有聞焉或由此也夫自今而後吾知九江之士清而不隘儉而不陋辯而不爭嚴而不厲有檢斂之美而不流于薄絶既以獨善其身又思以兼善天下見中庸之門戶入誠明之閫奥其必自是

始矣先生名惇實避英宗廟之名改頤其官閥行治流
風遺書則予蒲左丞所爲墓誌洎諸儒先紀述詳矣左
無所贅其辭乾道二年二月二十六日營承議郎權發
遣江州軍州事兼管勸農田事長樂林栗記

南康軍新立先生祠記 淳熙五年 張栻

淳熙五年秋詔新安朱侯熹起家爲南康守越明年三
月至官慨然思所以仰稱明天子德音者首以興教善
俗爲務乃立濂溪周先生祠於學宫以河南二程先生

配貽其書友人張栻曰濂溪先生嘗領是邦祠像之立視他州尤不可以緩子盍為我記其意栻既不克辭則以平日與侯共講者述之以復焉自秦漢以來言治者汩于五伯功利之習求道者淪于異端空虛之説而于先王發政施仁之術聖人天理人倫之教莫克推尋而講明之故言治者若無預于學而求道者反不涉于事孔孟之書僅傳而學者莫得其門而入生民不克睹乎三代之盛可勝嘆哉惟先生崛起于千載之後獨得微

旨於殘編斷簡之中推本太極以及乎陰陽五行之流布人物之所以生化於是知人之為至靈而性之為至善萬理有其宗萬事循其則舉而措之則可見先王之所以為治者皆非私智之所出孔孟之意于以復明至於二程先生則又推而極之凡聖人之所教人與學者之所以用工本末始終精析該備於是五伯功利之習無以亂其正異端空虛之說無以申其誣求道者有其序而言治者有所本其有功於前聖而流澤於後世顧

不大矣哉春秋奉嘗編於學校禮則宜之而況此邦嘗為先生所領之地祠像久焉未設誠缺典也今朱侯下車未遑他議而首及乎此可謂得為政之本矣詩云高山仰止景行行止朱侯之所以望於來者豈不在於斯乎雖然栻猶有說焉蓋自近歲以來先生之書徧天下士知尊敬講習者寖多而其間未免或失其旨妄意高遠不由其序游談相夸不踐其實反以病夫真若是者適為吾道之罪人耳夫惟淳篤慨惻近思躬履不忽於

畢下而審察乎細微是則為不負先生之訓其於孔孟之門牆庶幾乎可以循序而進也此又豈非朱侯所望於來者之意乎

韶州州學濂溪先生祠記 淳熙十年 朱熹

秦漢以來道不明於天下而士不知所以為學言天者遺人而無用語人者不及天而無本專下學者不知上達而滯于形器必上達者不務下學而溺于空虛優于治己者或不足以及人而隨世以就功名者又未必自

其本而推之也夫如是是以天理不明而人欲熾道學不傳而異端起人挾其私智以馳騖于一世者不至于老死則不止而終亦莫悟其非也宋興九疑之下舂陵之墟有濂溪先生者作然後天理明而道學之傳復續蓋有以闡夫太極陰陽五行之奥而天下之為中正仁義者得以知其所自來言聖學之有要而下學者知勝私復禮之可以馴致于上達明天下之有本而言治者知誠心端身之可以舉而措之于天下其所以上接洙

洒千歲之統下啟河洛百世之傳者脉絡分明而規模宏遠矣是以人欲自是有所制而不得肆異端自是有所避而不得騁盖自孟氏既没歴選諸儒受授之次以論其興復開創汎掃平一之功信未有高焉者也先生熈寧中嘗為廣南東路提點刑獄公事而治於韶洗冤澤物其兆足以行矣而以病去乾道庚寅知州事周侯舜元仰止遺烈慨然永懷始作祠堂於州學講堂之東序而以河南二程先生配焉後十有三年教授廖君德

明至視故祠頽已推剥而香火之奉亦惰弗供乃謀增
廣而作新之明年即其故處爲屋三楹像設儼然列坐
有序月日朔望率諸生拜謁歲春秋釋奠之明日則以
三獻之禮禮焉而猶以爲未也則又日取三先生之書
以授諸生曰熟讀精思而力行之則其進而登此堂也
不異乎親炙之矣又明年以書來告曰韶故名郡士多
愿慤鮮浮華可與進於善昔蓋有張文獻余襄公之遺
風焉然前賢既遠而未有先生君子之教以啓廸於其

後雖有名世大賢來官兹地亦未聞有能摳衣請業而得其學之傳者此周侯之所爲惓惓焉者而德明所以奉承於後而不敢怠也今既訖事而德明亦將終更以去矣夫子幸而記之一言庶幾乎有以卒成周侯之志是亦德明之願而諸生之幸也廖君嘗以學講於熹者因不復辭而輒爲論著先生倡明道學之功以視韶人使因是而知所以用力之方又記其作興本末如此使來者有考焉淳熙十年癸卯歲五月丁卯新安朱熹記

邵州州學濂溪先生祠記 紹熙庚申 朱熹

邵陽太守東陽潘侯燾以書來曰郡學故有濂溪先生周公之祠蓋治平四年先生以零陵通守來攝郡事而遷其學且屬其友孔公延之記而刻焉其後遷易不常乾道八年乃遷故處而始奉先生之祀于其間既又以故府張公九成之學為出於先生也則亦祠以侑焉於今蓋有年矣燾之始至首稽祀典竊獨惟念先生之學實得孔孟不傳之緒以授河南二程先生而道以大明

然自再傳之後則或僅得其彷彿或遂失其本真而不可以若是其斑矣乃更闢堂東一室特祀先生以致區區尊嚴道統之意今歲中春釋奠于先聖先師遂命分獻而祝以告焉以吾子之嘗講於其學也敢謁一詞以記之使來者有考而無疑也熹發函三復為之喟然而嘆曰甚矣道之難明而易晦也自堯舜以至於孔孟上下二千餘年之間蓋亦屢明而屢晦自孟氏以至於周程則其晦者千五百年而其明者不能以百歲也程氏

既沒誦說滿門而傳之不能無失其不流而為老子釋氏者幾希矣然世亦莫之悟也今潘侯如此乃獨深察而致謹焉道之明也儻庶幾乎雖然先生之精立圖以示先生之藴因圖以發而其所謂無極而太極云者又一圖之綱領所以明夫道之未始有物而實為萬物之根柢也夫豈以為太極之上復有所謂無極者哉近世讀書不足以識此而或妄議之既以為先生病史氏之傳先生者乃增其語曰自無極而為太極則又無所依

擾而重以病夫先生故熹嘗欲援故相蘇公請刋國史

草頭木脚之比以正其失而恨其力有所不逮也乃今

於潘侯之舉而重有感焉是以既敘其事而并附此說

以俟後之君子抑潘侯學識之長既足以及此矣則又

安知其不遂有以成吾之志也耶紹熙癸丑冬十月庚

申後學朱熹記

南安軍司理廳先生祠堂記咸淳三年　陳宗禮

濂溪先生周元公祠堂無處不有發揮道統之傳而為

之紀述者簡編既富矣惟南安秋官廳實先生蒞官之所有甘棠遺愛存焉河南二程夫子遵父之命執經問道於斯得舞雩詠歸之趣至今猶可想見於是焉為之祠尤非他處汎泛遥敬之比先是設像於官廨之門外也已不足以揭虔歲久廨圮祠亦荒凉咸淳三年趙君孟適來守是邦因地懷人欽崇惟謹迺先葺舊廨而新之奉先生像於廨之左昔之頹垣敗屋轉而大楹傑棟過者起敬善類忻躍乃走千里請為文以記之竊惟官

有冗暇事有精犄世變岐而二之然有道君子不以此加軒輊也理官以明冊爲職自謂較出入比輕重於法律而性命道德之學爲無預焉間有置心冲漠游意太虚賓以察辭稽貌則鄙之曰是俗塵也是吏職也吾何屑於是惟濂溪先生以光風霽月之標來任典獄防民之事既不土苴厥職暇則與其徒講求天地萬物混而闢一而萬之理以脉絡乎聖賢千載之傳豈不體用並該本末具舉也乎遠稽正範固未易一一推然庭前之

草生意我同水中之蓮淨植我似旣彝一物非我則居官之際豈肯以人命輕用國法又豈肯上下其手以奉上官喜怒居是官也禮是祠也必盡心焉以廣天地好生之大德則往哲之風可紹而賢太守所以興起墜典不爲無益矣授筆而書何故不肅初鳩工於四月辛未告成於七月庚戌爲費十萬錢

廣東憲司先生祠記　　蔡抗

昔先師朱文公作濂溪周夫子祠堂記曰高極乎無極

太極之妙而不離乎日用之間幽探乎陰陽五行造化之賾而不離乎仁義禮智剛柔善惡之際大哉言乎所以闡夫子精微之旨揭萬世義理之準也蓋夫子之學體用一源顯微無間上下與天地同流此豈淺近者所能窺而其見之行事則謹刑一節尤為深切著明夫明刑以弼五教制政以教祇德自古聖人輕重毫髮必致其謹是固陽舒陰慘仁柔義剛以輔教化之不及而好生之心流行不息同胞同體視之如傷於以全人性之

天則於無極太極之本體亦豈有間哉夫子辯分寧不決之獄爭南安非辜之囚所至務以洗冤澤物為己任至於詳刑廣東則仁流益遠矣天以春生萬物止之以秋聖人法天以政養萬民肅之以刑此夫子之秋肅夫子之春生也深溪萬初民死於石為之減硯而著令黄茆張空民死於瘴為之緩轡而徐行鄉人候吏惟恐奔走馬蹄旗脚之或後而黠胥惡少則凛凛然畏刀健斧之將加仁之充廣形著如是夫淳熙間繡使陸公世良

罔民之德公也祠于丹荔堂之側有年矣近憲司楊君大異改祠于相江書院令周侯弼節是邦思甘棠之遺首訪舊祠吏以廢告侯坦然曰相江之祠學者之通敬也而所主者教司存之祠官守之常敬也而所主者刑刑教雖一而祠有不同夫豈可廢哉亟命汎掃舊宇而謁至焉又慮規模湫隘不足以揭虔妥靈遂闢地于官治之西偏以庶幾羹墻之思且貽書俾抗記之抗學于朱子者也酌泉知脉元公于抗有罔極之恩誼弗敢辭

竊謂元公之祠遍天下而司存一祠侯獨以爲不可廢者何哉廣南十四州生民之命所繫也爲部使者旦而瞻是祠退閱未決之獄必思夫子之以剛得中以動而明敢不敬朝夕而瞻是祠退決非辜之囚必思夫子之中正明達燭及微曖敢不敬朔望瞻是祠退而心行乎一路之間必思夫子不憚出入之勤雖荒崖絶島而念慮不可不到也敢不敬祠在是則敬在是敬在是則十四州之民命在是也祠可不復其舊歟此侯之心也嗚

呼侯之心非特善一家之學將以開羣心有體有用有微有顯之學也非特為曲江之地將以為天下立心立命之地也前乎百八十年之既往侯既有以續元公之道後乎千百世之方來必又有以續侯之心相與引之於無窮仁不可勝用矣侯名梅叟元公族孫也學行為世推重近歲以御史經筵召不至改外臺所學所志未易量云

重脩濂溪先生墓記 正德壬申

廖紀

濂溪周先生墓在九江郡南十里許其境最幽勝先生世為湖廣營道人任南康郡守時愛廬山風景不殊梓里築書院於山之麓時與二程先生講道其間熙寧四年遷封僊居縣太君氏鄭母夫人窆於清泉社蓮花之岺越明年先生卒附於夫人之左吏考先生應五星聚奎之運崛起於宋天禧間毅然繼孔孟之緒倡道學之功泄造化之機發聖賢之秘歷吏治之事具載宋嘉定有封前人有録朱晦菴有記胡五峰有序潘南豐有誌

趙清獻公輩有題辭見諸名世大儒手筆居多後學不敢復僭贅也嗚呼遡先生之墓肇自熙寧六年逮今五百四十餘年此墓妥於蓁莽謁者多嘆息弘治二年九江前守慈谿童公集石脩治聳然可瞻仰正德辛未今守蔚州李公重為繚垣增飭廟宇規制雖秩然而墓之礧磈尚罅馬鬣尚缺埏隧尚有凸凹瀦潦芻蕘又或灌溉而蹂躪寢弊若此烏足妥先生神靈哉正德壬申春户部主事靖州宋君來司國計謁文廟之明日往拜先

生墓下因覽山川尋故考實謂瞻仰有像展禮有廟脩
薦有廚環衛有垣供祀有田守祀有十三代孫倫者墓
猶若此揆先生神靈或未妥也由是宗君慨然任起廢
之責捐公廪陶甓數萬傭工經營越兩月畢行釋菜禮
告成於是鏬者塞缺者完凸凹者夷灌溉蹊躪者瀉而
禁種種完固山川改觀足成廟貌而允妥先生神靈矣
君有謂士有田第未贍厥子孫復券置墓前田二十畝
以贍守祀夫宗君是心也懷賢向道即晦菴朱先生每

歷郡縣輒訪先生祠墓汲汲表章而尊崇之使天下知聖賢道在天地自不少一日忘者歟嗚呼濂溪先生道在萬世崇比闕里亦不為過但世之宦遊者舉囙陋就簡習常安故如宗君之注意崇重者能幾何人繼自今始凡讀濂溪先生書仰其人當思踵其迹誦其言當思踐其行窮則身體先生所謂學顏子之學達則力行先生所謂志伊尹之志相與勉之何患聖賢之道不明不行也哉謹書此以告來學云

表崇道學大儒墓祀疏　　邵寶

江西等處提刑按察司提督學校副使邵寶奏臣切照九江府德化縣南蓮花峰下有宋儒周惇頤墓其東北數里有濂溪書院亦為惇頤建臣始視學至九江考檢誌傳特詣弔謁見得墓雖僅葺而書院久荒重典概歎比者知府劉璣高友璣等因分巡僉事王啟等區畫委屬府加脩理墓與書院漸次就完又奉巡視都御史林俊行布政使林泮等衆議於湖廣道州取其裔孫周綸

前來守奉三四年間臣屢至弔謁起敬生慕大非舊比
盖聖明崇儒重道化被中外而監司守令奉行惟謹臣
竊慶之謹按周惇頤生于有宋上契列聖下啟羣儒語
其時貞而復元論其地大而將化開人之功萬世永賴
無庸贅述乃若九江之地生寓精神沒藏體魄實與故
里相類顧百年以來墓與書院久廢初復而祀不在典
誠為未稱惟昔范文正公生於蘇而葬於洛二處皆有
祠祀崇名相也岳武穆王生于湘而葬于杭二處皆有

祠祀崇名將也我國朝於忠貞勲德禮數加隆至于如
此識治君子皆以為當况道學大儒如惇頤者哉惇頤
之後稱大儒者曰朱熹實于婺源産于建陽祠祭之典
二處兼舉臣愚竊謂惇頤之于九江如婺如建當比其
一令墓與書院既各理如故如蒙聖明重念周氏之學
為世宗師表章曠墜實繫觀望乞勑禮部查檢朱熹婺
源建陽事例就令書院賜以春秋二祭定式擬祝行令
有司以時行事仍於鄰近無碍田内撥給數十畝以為

裔孫守墓之贍非特為一方斯文之觀實天下萬世之幸也臣承乏教事欽承奏勑諭以崇正學為要惟茲祀事實其一端雖懼煩瀆不敢不請臣無任戰慄之至奉

聖旨是

崇先賢以勵風教文移　　王啟

江西等處提刑按察司分巡湖西道僉事王啟呈照得本職于弘治十五年分巡至九江府據本府呈宗儒濂溪周元公世家道州因過潯陽愛其山水之勝遂築書

堂于廬山之阜今在德化縣五里許山麓有溪發源于蓮花峰下北會于湓浦潔清紺寒先生濯纓而樂之因揭故里之名寓以濂溪之號溪上有池種蓮花而愛之作愛蓮説揭于書堂先生胸次灑落如光風霽月每與河南二程講道其間庭草交翠而發吾與點也之氣象抽關啟鑰默契道體卒孟氏不傳之正學絶而復續至令仰賴然則作太極圖通書手授二程亦常于此地至于其沒又葬于栗樹嶺下僅去五里許先生之母與其

二夫人皆葬其內則先生之魂魄固安于是矣雖極崇
奉如孔廟闕里亦不為過吏考載典自宋郡守潘慈明
重修書院文公先生為之記及文公守南康先生之子
孫自九江府奉愛蓮説墨本于文公則知當時曾有子
孫至國朝監察御史徐傑項璁按察司副使焦宏兩次
脩舉今皆圮壞其子孫亦無一人為守祀事及考其宋
道州舊立書院乃援九江賜額為請令九江反見零落
俱無以奉先賢而光世道欲行脩理書堂并濯纓愛蓮

光霽交翠四亭以致景行之私欲買田數項或量撥白

鹿祖穀數百斛請先生子孫一人守祀未敢擅便等因

備呈欽差巡撫江西都察院右副都御史張奉批據呈

崇儒重道至意布按掌印會提學議處停當差人賫文

湖廣布政司轉查真派子孫勸諭前來同心區處必在

優濟繳隨准湖廣布政使司咨據永州府道州營樂鄉

四都里老何添成等呈依會勘得周元公十二代宗子

周賢男周綸長孫仕爵仕祿的係真派起送前來遂將

德化縣德化鄉一圖民田三十一畝三分陸地六畝一
分發給養贍守祀

重脩祠堂增置祭田記　　傅楫

明正德辛未春予遊九江之匡廬山父老輩欣欣然指
顧曰廄廬而峯者為蓮花峯嚬峯而嶺者為栗樹嶺實
廬距峯之巔而肖主厥墓者營道周濂溪先生也塋之左
母夫人鄭𠈁居縣君者從遺命也去墓不三十步有祠
志銘顛末於祠之下者先生友行潘君興嗣也去祠七

里有濂溪不他名而仍營道濂溪者先生不忘故里心也溪上築室榜以濂溪艸堂者先生來二程講道處也草堂撰記壽石者南康太守仲晦先生也厥土坂德化縣清泉社隸九江府相遠僅十里許數百年來兵燹繼至朝代交謝有墓無祠有祠無祀有祀無子孫奉守之

我國朝相傳一博士公僅奉守營道祠祀者弘治庚戌浙東童公潮始買祭田越戊午陳公哲增置之高公友璣亦然癸亥都憲莆田林公俊始柬營道博士公求分

泒為奉守主又明年提學副使錫山邵公寶奏准例來
仲晦兩下祀事自茲祠有祀有而奉守者兼有之也祠
如式祀額羊一豕一春秋行也奉守者為先生十三代
孫綸其人也逮今又十年歲有常祀祠宇不葺神將何
棲奉守有人祀田浸廢額辦胡自閒有二三君子雅重
懷之或艱於歲時之不登或阻於去就之靡常或緩於
志力之不勇悲夫正德庚午春新安汪公淵來同知府
事明年春王公惠以朝覲北上輿舉罔克就公一日喟

然嘆曰我輩學者賴先生指南明道德由禮義牧郡土位大夫此事不爲更爲何事遽振衣而起相視墓所計工審力附山求材琢石樹墓大書濂溪先生四字刻於上深近寸許復增置祭田如後數坵畝於碑之陰殷勤斡旋其間不减家事嗚呼汪公之心其林邵諸公之盛心乎綸徽記於予予不揣固陋特述父老公論以寶之俾後之君子苟克奮起是心者有所考焉

欽定四庫全書

周元公集卷七

附録五

古人詩

和周茂叔席上酬孟翶太博　　傅耆

古人務樂善見士即推轂今也多忌才對面遠賢蜀顧

予嘗喜學幽室未偶燭幸會才翹翹深慚識碌碌升堂

聽高論惟愁日景促經義許叩擊詩章容往復荷公引

重語玞琘變良玉一違几席來羲娥變昏旭遠聞落帽節宥朋相追逐剩摘籬下黃痛飲杯中醁清談已忘倦佳篇又相勗畢力為徒弟強勉攀高躅異時公行道其勢不可獨首願策疲蹇助公施蘊蓄舒張太平策散作蒼生福此心答此惠庶幾不忝辱

題濂溪　　潘興嗣

鱗鱗負郭田漸次郊原口其中得清曠貴結林泉友一溪東南來瀲灧翠波走清響動靈粹寒光生戶牖峩峩

雙劒峯隱隱揷牛斗踈雲互明晦嵐翠相姸醜恍疑坐
中容即是闗門叟為歌紫芝曲更擊秦人缶窅然忘得
喪形骸與天偶君懷康濟術休光動林藪得非仁智樂
夙分已天有斲鼻固未免安能混真守歸來治三徑浩
歌同五柳皎皎谷中士願言與君壽殷懃復懇惻雜佩
貽瓊玖日暮車馬徒橋横莫回首

贈周茂叔　何平仲

及物人心稱物情更將和氣助春榮智深大易知幽賾

樂本咸池得正聲竹箭生來元有節氷壺此外更無清
幾年天下聞名久今日逢君眼倍明

同周惇頤國博遊馬祖山　趙抃

曉出東江向近郊舍車乘棹復登高虎頭城裏人煙潤
馬祖巖前氣象豪下指正聲調玉軫放懷雄辯起雲濤
聯鑣歸去尤清樂數里松風聳骨毫

題周茂叔濂溪書堂　前人

吾聞上下泉終與江海會高哉廬阜間出處濂溪派清

深遠城市潔淨去塵壒毫髮難遁形鬼神縮妖怪對臨
開軒牕勝絕甚圖繪固無風波虞但覺耳目快琴樽自
左右一堂不為泰經史日枕藉一室不為隘有尊足以
羞有魚足以膾飲啜其樂真靜正於俗邁主人心淵然
澄徹一內外本源孕清德遊泳吐嘉話何當結良朋講
習取說兌

茂叔先生濂溪詩呈次元仁弟　蘇軾

世俗眩名實至人疑有無怒移水中蟹愛及屋上烏坐

今此溪水名與先生俱先生本全德廉退乃一隅因抛
彭澤米偶似西山夫遂即世所知以為溪之呼先生豈
我輩造化乃其徒應同柳州柳聊使愚溪愚

零陵通判廳事後作堂予以康功名之仍賦鄙句

胡寅

政拙催科永陵守實賴賢良相可否邦人復嗣海沂歌
倉廩雖空閭里有功臣歸去朝日邊吏闢虚堂得晝眠
後圃好花初着土前簷新竹已參天貔貅未飽軍須急

赤子如魚釜中泣若知王業在農桑國勢何勞憂岌岌
酒闌四壁讀前碑吏隱猶勝五馬隨千古濂溪周別駕
一篇清獻錦江詩（此詩年表以為五峯胡宏所作）

題濂溪　林煥

我來濂溪拜夫子馬蹄深入一尺雪長嗟豈惟溪泉濂
仕得草木皆清潔夫子德行萬古師坡云廉退乃一隅
有空既樂賦以拙有溪何減名之愚水性本清撓之濁
人心本善失則惡安得此泉變作天下雨飲者猶如夢

之覺

乙巳歲除日收茂叔武昌惠書知已赴官零陵因

偶成奉寄三首　蒲宗孟

歲除三十日收得武昌書一紙方寄遠數篇來起予瀟

湘流水闊巫峽暮雲疎不得從容去春風正月初

想到零陵日高歌足解顔鄉閭接營道風物近廬山萬

石今興廢三亭誰往還不知虔與永二郡孰安閒

地與江淮近鄉人慰久睽重看斑竹淚還聽鷓鴣啼湘

水晴波遠蒼梧霽色低不知春日靜何似在濂溪

山北紀行二首　朱熹

予以辛丑閏三月二十七日罷南康郡四月十日拜濂溪先生書堂遺像予澄請為諸人說太極圖義先生之曾孫正卿彥卿玄孫濤為設席於先風霽月之亭

北渡石塘橋西訪濂溪宅喬木無遺株虛堂唯四壁竦瞻德容睟跪薦寒流碧幸矣有斯人渾淪再開闢

平生勞仰止今日登此堂願以圖象意質之巾几傍先

生寂無言賤子涕泗滂神聽儻不遺惠我思無疆

題濂溪先生書堂二首　柴中行

有生同宇宙所欠好江山因自舂陵至留居廬阜閒斯

文傳墜緒太極妙循環希聖誠何事懷哉伊與顏

出城三四里矯首愜遐觀頓覺市聲絶忻從天宇寬康

山書几淨溢浦硯泓寒一誦愛蓮説塵埃百不干

江上懷永倅周茂叔虞部　任大中

監州永陵去遠日立江干煙浪三湘瀾風帆八月寒不
聞求進路只見話休官種竹濂溪上歸因作釣竿

濂溪隱齋　前人

溪遶門流出翠岑主人廉不讓溪深若教變作崇朝雨
天下貪夫洗却心

送永倅周茂叔還居濂溪　前人

君去何人最淚流老翁身獨倚南州隨君不及秋來鴈
直到瀟湘水盡頭

送周茂叔赴合州僉判　　前人

一帆風雪别南昌路出涪陵莫恨長緑水泛蓮天與秀蜀中何處不聞香

濂溪謁周虞部　　李大臨

簷前翠靄逼廬山門掩寒流盡日閑我亦忘機淡榮利喜君高躅到松關

留題濂溪書堂　　度正

千載斯文儻可求暮春春服共行遊向人魚鳥都和樂

滿眼溪山只恁幽

濂溪詩

黄庭堅

溪毛秀兮水清可飯羮兮濯纓不漁民利兮又何有於名絃琴兮觴酒寫溪聲兮延五老以為壽蟬蜕塵埃兮玉雪自清聽潺湲兮鑒澄明激貪兮敦薄青蘋白鷗兮誰與同樂津有舟兮池有蓮勝日兮與客就閑人聞挐音兮不知何處散髮醉高荷為蓋兮倚芙蓉以當妓霜清水冷兮舟著平沙八方同宇兮雲月為家懷連城兮

佩明月魚鳥親人兮野老同社而爭席白雲蒙頭兮與南山為伍非夫人攘臂兮誰予敢侮

濂溪識行　魏嗣孫

分得廬山水一溪濂名萬古合昭埀光風霽月依然在肯與人間較盛衰

濂溪雜詠二首　潘之定

當年太極揭為圖萬有皆生於一無動靜互根誰是主試於靜處下工夫

濯纓潭上少徜徉手把通書四十章除却誠通與誠復更無一事可商量

愛蓮詩　　朱熹

聞道移根玉井傍開花十丈是尋常月明露冷無人見獨為先生引興長

遊濂溪辭　　鄒旉

度營川之修梁兮遡其瀕而走西路平原之瀰迤兮容飛蓋而並馳行將半於一舍兮折而涉於荒蹊林漸開

而阜斷兮隱約聞乎雞犬亟引鞭而前望兮萃或瓦而
或茨逸翁問之奚所兮翁告予以濂溪闕民氏而胄周
兮本其系之為誰伊茂叔之故家兮自鼻祖而占茲後
昆出於兵燹兮逸掖淪於牛衣諏先生之所復兮已乎
莫之知也從先生之已遠兮曷慰乎我之思也雲山矗
而崇崇兮豈絕塵之姿乎泉不激而泠泠兮抑絃誦之
遺乎百世秀而不枯兮豈道之光輝乎少長羣而不囂
兮抑遺俗之未衰乎彷徨乎奚忍佪而去之途日暮兮

既去而猶遲遲幸頹垣與敗級兮存故基而未夷還可耕者數畝兮昔帶經之所治森一邱之梧檟兮亦夙昔之所規益求其他而弗得兮尚屬此而庶幾惟先生之蚤歲兮逢彼百罹奉親學於渭陽兮仕謀歸而願違故湓江之所築兮忘此溪於門楣何山谷之不審兮指蓮峯而實之病後人之迷益遠兮曰廉與濂義殊而音牒妄取廉而增水兮由媚容而請詩嘻其本之不覿兮宜所言之皆非吾聞南公之語此兮云權輿於唐之時元結之

刺道兮事率愛竒以滮滮與滇汸兮賁九泉而為題道

闕

周元公集卷七

欽定四庫全書

周元公集卷八

附録六

祭文

墓祭文　　孔文仲

嗚呼童蒙之歲隨宦於洪論父之執賢莫如公公年壯盛玉色金聲從容和毅一府皆傾公二永州嘗以旅見公貌雖衰不以憂患主簿江西公使於南視公如得豈

進之貪二十年間再覩長者雖云不屢意則輸寫廬山之麓是曰九江皆非土人來寓其邦此願彼期終為鄰里如何令歸乃弔公子嗚呼公之平生耻不明時壅培浸灌厥聞大馳有文與學又敏政事絶今乃比伊傳自視出其毫纖以惠百城千里之足尋尺于征民瘵以療自病易州謂宜復騁遽掩一邱公之於人惇篤久長有志無年孰闢不傷況如不肖辱公知厚通家之家中外之舊再拜墓下矢哀以辭情長韻短續以漣洏

南康祠祭　朱熹

惟先生道學淵懿得傳於天上繼孔顏下啟程氏使當世學者得見聖賢於千載之上如聞其聲如睹其容授受服行措諸事業傳諸永久而不失其正其功烈之盛蓋自孟氏以來未始有也熹欽誦遺編獲啟蒙吝茲焉試郡又得嗣守條教於百有二十餘年之後是用式嚴貌像作廟學宮并以明道先生伊川先生配神從享惟先生之靈實鑒臨之謹告

潭州遺祭　朱熹

維紹熙五年歲次甲寅八月已丑朔二十有八日丙辰
朝散郎秘閣修撰權發遣潭州軍州兼管内勸農營田
事主管荆湖南路安撫司公事馬步軍都總管賜紫魚
袋朱熹謹遣學生廸功郎道州寧遠縣尉馮允中致祭
於濂溪先生周公於皇道體沕穆無窮羲農既遠孔孟
為宗秦漢以還名崇實否文字所傳糟粕而已大賢起
之千載一逢兩程之緒自我周翁清瀟之原有嚴貌像

欲觀無因徒有悵望吏以毁告閔然於衷出金少府往
佐其攻爰俾諸生敬陳一酹先生臨之有赫無昧尚饗

濂溪祠祭　　　　　　　王啓

洙泗迹逝大義乖違賢哲篤生文明應奎濂水之源一
倡月巖之光遂輝意思發洩於庭草道體灼見乎精微
闡百代圖書之秘啓千載人心之迷二程從之道學復
恢偉哉有功於聖門來今丕獲乎依歸有祠翼翼享祀
維時光霽如在庶以慰吾人仰止之私

濂溪故里祭文　雷復

生先生之鄉曠望乎百世之下履先生之墓慨慕乎百世之前前乎百世絶學賴先生以繼後乎百世斯文賴先生以傳生意猶存藹藹庭交之草春風尚在亭亭手植之蓮嗚呼廬山蒼蒼九江湯湯先生之風山高水長

祭道國公文　符鍾

嗚呼夫子之學誠立明通夫子之政和毅從容以學以政教萬世無窮者夫子之德之功乎生千載竊仰高風

不圖忝守茲土獲登夫子之堂拜夫子之貌而覩夫子後嗣之雍雍嗚呼乃知聖脉千古攸鍾予生不敏叨此官守恒切衡衡尚賴夫子大啓我聰俾弗迷於政以免夫鰥痌

謁元公祭文　陳鳳梧

道在天地太和元氣公得其全中正純粹體用一源隱顯無二上探羲農以承洙泗二程授受實大其傳斯文再闡如日中天滕維舂陵公之闕里祠像儼然雲仍伊

邇幼讀圖書長而無似幸叨公鄉領諸敎事瞻望光霽五年於兹展謁之始如寐斯蘇愛蓮有亭濂溪有水維公此心千古如是敬采泮芹奠於祠下公其臨之佑兹文化

謁元公祭文　　曾承恩

天地之道具於吾心先生先覺覺我後人三代以還道喪文弊或矯矯以立名或栖栖為禄仕或規規乎註疏或囂囂然媚世空言濫觴眞道之棄一節雖高於世無

濟先生盡傷究其根領博學力行自我立命道苟可仕
不辭蔭補官可濟民甘心書簿久速仕止步趨先師圍範
曲成不識不知或者以先生之道在乎太極不知先生
道大光明不在於圖而在於躬行有素也不然未能孚
於時何以垂於後未能行於人何以質諸天地觀其吟
風弄月優游閒居圖書之秘易蓍方示或又以先生之
學由靜入門嗚呼先生終日行之未見一語於及門之
徒夫何言者先生真獨得孔氏之傳也夫承恩愚陋竊

禄兹土幸登故里實切瞻依羡牆寤寐川遊雲馳特牲醴酒聊表仰思

謁元公祭文　周子恭

仰惟先生遯世之聖不由師傳粹然至正仕苟為貧雖小官有不辭學苟為道雖人不知而無悶道德性命之蘊僅見於圖書而其無言不盡之教卒莫窺其兆眹從容和緩之色僅覩夫光霽而其行藏屈伸之妙卒莫測其淵深當是在門惟有二程先生不強人以未到惟開

其說而不竟既而二程有得自稱體貼尚不歸功於先生之門而況於修飾之士章句之儒又烏足以知其眞乎子恭自幼學道既壯無聞虛負歲月良愧此生幸而不死之良耿耿猶存數年以來究先生之歷履探先生之為人而希慕一念若有授而授之者恭亦不自知其所因也今者拜官在永得踐先生之位巡歷在道復造先生之庭情切瞻仰特致酬薦嗟夫蓮草俱在風月傳神先生之教曷其有罄子恭而茍不惰於向徃之志焉

往而非先生之所陰佑而默成者哉先生有靈尚鑒斯文

謁元公祭文　唐珏

惟斯文之興喪實與世之汙隆慨微言之既絶紛千載而塵蒙諒有開其必先迺豫徵於星聚繄夫子之挺生蓋早成而默契極精藴之沉鬱肇啓鑰於圖書言有至而弗盡意獨得而有餘若大明之始升夜冥晦而復旦若多途之迷方指大道而羣鄉昔仲尼之真樂惟顔氏

其庶幾乃夫子之光霽歷異代而同歸瑶也蚤服膺於聖教幸假守於茲邦覩河洛而思績入魯阜而升堂嗟庭草之已宿覽風月之慨然聊寄辭於一奠邀景行於前賢

謁元公祭文　王宗尹

公之學以無欲為功以無極而太極為宗自修自誠自明自信益有聖人之德闇然而不欲以自見也是故趙清獻當時名公也猶不能識之於一時伊川及門高弟

也且不能識之於終身其他可知也已昔孔子賛乾之初九曰潛龍勿用龍德而隱者也不易乎世不成乎名遯世無悶不見是而無悶樂則行之憂則違之確乎其不可拔潛龍也公寔有焉宗尹修行矯名淺中揚已不足以議於公之學也然一念不死嚮往有期神固有知啓我荒迷

謁元公祭文　蕭文佐

竊惟聖賢之生每須真元之會蓋將以啓時運之隆續

道統之墜孔孟之沒聖遠言湮而我元公篤生于舂陵舜塚之墟九嶷崒嵂瀟水漪而靈發鄒魯者再見于斯則造化之培其始也有聖之資既孤而依彼龍圖公二十年涵養積盛乃自得師撰圖著書心學是究波衍程朱萬世領袖文佐鑽仰終身竟未之由然而歷古彥登鬱孤于分寧遵其迹于溢浦則于公授受之次嚴恕之旆寔垂緒于洪都屬土是以得以竊聞其一二乃今以公之官入公宅里玩月岩味聖泉瞻拜高風似于公親

就之緣噫道本無閒心窈追蹤祭拜惓惓顧迴顓蒙

謁元公祭文　顔鯨

皇帝即位之二年是為隆慶戊辰慈溪顔鯨視學楚藩以六月庚辰行部至于湖南由永郡竣事趨柳州道出舂陵謹齋祓用牲釋奠于宋大儒周元公濂溪先生之祠曰於乎先生生于千載絕學之後而能超然嘿契聖人不傳之祕主敬兩言無欲一要直截易簡昭如日星於乎小子乃甘以形骸爾我之私勞勞焉終身戰于煩

惱醉夢之場眞先生之罪人也修之則吉悖之則凶心
爲太極汝將焉從聖凡平等天地同宗敬述斯言以告
羣蒙而以質夫先生尚享

謁元公祭文　趙賢

維萬歷二年歲在甲戌三月丙子朔越二日丁丑巡
撫湖廣等處地方兼贊理軍務都察院右僉都御史後
學汝陽趙賢巡歷至道州敬爲牲牷香帛之儀謁奠元
公周濂溪先生祠下而致告曰先生生三湘九嶷之間

當聖遠言湮之後乃于斯道不由師授獨契本元圖說易通闡幽發秘固羲文孔顏子百年心法之傳也葢其所謂豪傑之士士無待而興而其言雖聖人復起不能易者也賢早歲讀其書玩其旨而想見其人既二十年矣頃有天幸過其故里訪其遺居遡濂溪營水之源見龍山多嶺之盛池蓮庭草霽月光風若或親炙之也豈非生平希奇之覯哉顧賢役役焉日從事于口耳之末簿書之煩茫乎此心靡有得也謁先生之祠見先生之

像猛然有深省焉能無愧乎能無懼乎以先生之靈而鑒于賢一念嚮往之誠亦將有以默啓之而俾不終自棄已也敬奠先生不勝景仰尚饗

祭文　丁懋儒

維萬曆二年歲次乙亥二月庚午朔越二日辛未湖廣永州府知府丁懋儒謹以香帛之儀致祭于宋濂溪先生周元公之神曰儒生也晚幼承家學周公而上孔子而下布在方册者靡不殫究間入阜曲詣闕里周封孔

堂如克見聖経鄒嶧山拜孟祠下而嚴嚴氣象若酬酢焉先生生乎春陵去中土数千里恨不能至其地以見若曲阜鄒嶧名山大川考斯文之肇起也容歲補永郡訪故里讀貴集景向滋甚積誠既久敢申虔告儒向有知弱冠後博求佛老之書兀然靜坐窮日夜之力謂庶幾有所啓發然若空長生皆未免有意則求之先生之言而後有悟質之六經孔孟無弗合焉不外人倫日用而通乎性與天道不落言語文字而非遺脫世事不必

求諸外物而在我無所不有但當隨處體認而功效自然斷不可誣則先生之誨我已非一日深愧夫未之有得也竊恠乎學先生者高明多求速化沉潛不免牵滯則所以印先生之心飲先生之醇紹先生之統世豈無若人乎儒不能無感于斯惟先生鑒只尚饗

謁元公祭文　何遷

先生之學妙契先天圖書之著大道彰焉以繼往聖以開後賢渾淪再闢永衍正傳廬山之麓祠墓森然春秋

祇薦儀典相沿夙志聖學仰慕有年茲倅是郡益激惓惓卜吉辰拜薄陳豆籩誰其配之明道伊川嗚呼先生往矣神弗俱湮冀庸我明冀鑒我虔尚饗

書院開講祝文　趙崇憲

孔孟既沒天其將喪斯文予斯文之未喪則我先生發揮講明之功也廬阜之麓濂溪之湄先生之書存焉像塑僅設室宇湫隘無以興起士心先生之道殆猶欝而未宣也崇憲奉天子訓詞來守此邦用敢度其堂宇

之左偏廣築為學舍二十六區益將選邦人之俊秀者
朝斯夕斯以茂明先生之業惟祈惠我多士相協厥居
克昌斯文豈惟予末學丕遂徯志異時人材輩出越我
國家萬年實嘉賴之

祭文

惟公闡明道學上契古先授指圖書下開緒統功紹六
籍名垂两間體魄攸藏光靈攸在兹惟仲春薦事有期
國典肇稱司存攸契駿奔敢後嚮往彌深

周元公集卷八

總校官進士臣程嘉謨
校對官主事臣金光悌
謄録監生臣楊省曾

圖書在版編目（CIP）數據

周元公集 / (宋) 周敦頤撰. — 北京：中國書店,
2018.8
ISBN 978-7-5149-2101-4

Ⅰ. ①周… Ⅱ. ①周… Ⅲ. ①中國文學－古典文學－
作品綜合集－北宋 Ⅳ. ①I214.412

中國版本圖書館CIP數據核字(2018)第084808號

四庫全書·别集類

周元公集

作者　宋·周敦頤　撰
出版發行　中國書店
地址　北京市西城區琉璃廠東街一一五號
郵編　一〇〇〇五〇
印刷　山東潤聲印務有限公司
開本　730毫米×1130毫米　1/16
印張　21
版次　二〇一八年八月第一版第一次印刷
書號　ISBN 978-7-5149-2101-4
定價　七八　元

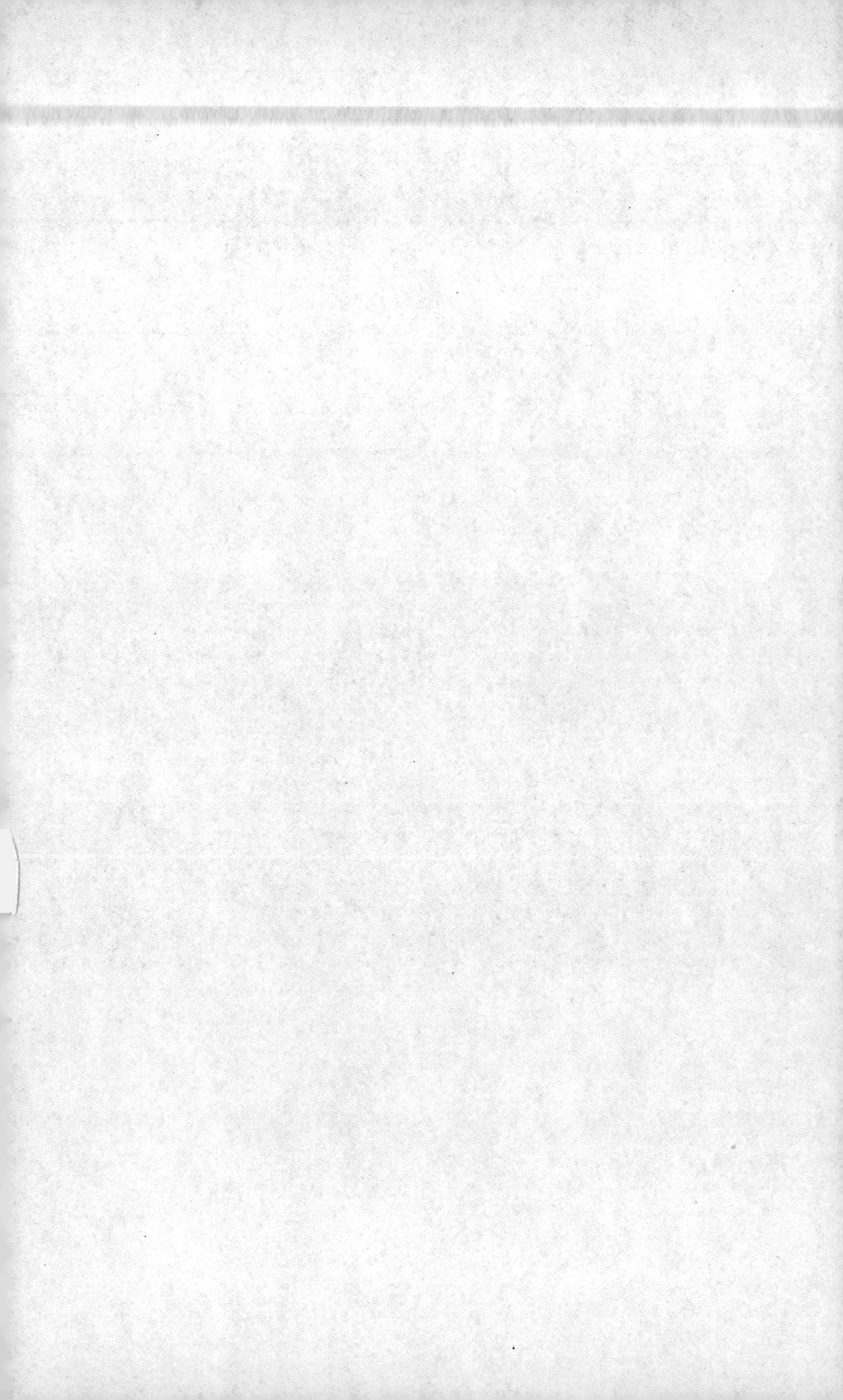